講談社文庫

公務執行の罠

逸脱刑事

前川 裕

講談社

目次

公務執行の罠

逸脱刑事

プロローグ

異様な悪臭が漂っていた。玄関の前にある駐車スペースに車はなく、缶切り・はさみ・ホッチキス・釘《くぎ》など、金属の不燃ゴミが山積みにされている。生ゴミの入ったビニール袋が散乱し、エアコン・冷蔵庫・テレビ・洗濯機といった粗大ゴミが公道にせり出し、車や歩行者の通行を明らかに妨《さまた》げていた。

典型的な下町の住宅街にある二階建ての家屋《かおく》だが、敷地面積はけっして小さくはない。路上に枝が伸び出た松の木の後ろに見える庭もそれなりに広々としていたはずだが、そのスペースも薄汚れた自転車、あるいは大型テーブルや椅子などで埋め尽くされ、奥にある家屋《かおく》の窓ガラスを断片的に切り取るように見せていた。

東京《とうきょう》都のこの地域ではいわゆる〝ゴミ屋敷〟条例が制定されているものの、苦情・相談・現地調査・指導・勧告・命令というプロセスを経て、最終的に行政代執行まで辿《たど》り着き、ゴミが撤去される事例はきわめてまれだった。こういう場合、撤去費用を、いったい誰が負担するのかという議論が必ず起こってくるのだ。

もちろん、いったんは、行政側が負担した費用を後にゴミ屋敷の住人に請求する形になるとしても、請求された住人がそれをきちんと払ってくれるかについては、悲観的にならざるを得ないケースが多いのだ。

こういうゴミ屋敷が発生する原因は、いくつか考えられ、所有者の不在や不明、あるいは所有者が分かっていても、長期に亘《わた》って病気で入院していることなどが挙げられる。だが、一番多いのは、やはり何と言っても居住者の特異な性格によるものだろう。

この性格は、ときにディオゲネス症候群と呼ばれる。老年期の人格変化の一つで、「溜め込み障害」という精神疾患に分類されることもある。

それは吝嗇《けち》という単純な言葉を超えた病的な執着、あるいは認知症の進行によってもたらされる現実認識の決定的欠如として出現することもまれではない。だが、近隣に住み、現実的な被害に晒《さら》されている人々にとって、そんな精神病理学的な分析など何の役にも立たなかった。

彼らが望んでいることは、単にゴミが撤去されることであり、通常の住宅街の外観を取り戻し、悪臭が消えることなのだ。こういうすさんだ風景を常時、見せられることは、健康な精神の持ち主であっても、いや、健康な精神の持ち主だからこそ、耐えがたいレベルの精神的負担だった。

特に、夜の帳《とばり》が下り、鈍い光を発するゴミ屋敷の光源が暗闇の中にぼんやりと浮かび上がるとき、人々は得体の知れない気味悪さに襲われ、不安の錨《いかり》が胸奥《きょうおう》に深く沈んでいくのを感じるのだ。

実際、そのゴミ屋敷について、家の中に誰かの腐乱した死体が隠されているのではないかという、不穏《ふおん》な噂話が近隣に広がり始めていた。そして、そういう噂話をさらに煽《あお》り立てる、後付けの根拠が不意に浮上してくることもよくあることだったのだ。

第一章　通り魔

1

三月に入って寒さも緩《ゆる》み、季節は春めいている。桜の開花状況のニュースが毎日のようにテレビや新聞で報道されていた。

東京の下町にある弁天代《べんてんだい》警察署生活安全課の係長無紋大介《むもんだいすけ》は、夫婦喧嘩《げんか》の仲裁や赤尻《あかしり》地区のような歓楽街で起こる揉めごとの捜査など、相変わらずせこい事件の対応で多忙な日々を送っていた。

無紋は最近、読唇術《どくしんじゅつ》に加えて、骨相学《こっそうがく》にもはまっていた。骨相学とは十九世紀初めごろにウイーンのドイツ人医師ガルによって創始され、頭蓋骨《ずがいこつ》の形によって、人間の性格・気質を知ることができると主張する学問である。もちろん、現代ではそれは厳密な学問としては否定され、疑似《ぎじ》科学に過ぎないとされている。

それに、犯罪者の頭に共通の特徴を見つけ、それを遺伝的因子として罪を犯す人間の性向と位置づけたため、一部の知識人から、差別的との批判を浴びたという歴史的経緯についても、無紋は知っていた。

ただ、二人の人間の頭の形が似ていると、その性格もかなり似ているという事例に、現実生活の中でたまに出会うことがあり、そういう思わぬ発見が無紋にはけっこう興味深く感じられていたのだ。

しかし、その日、生活安全課内で予想外な盛り上がりを見せた話題は、骨相学とはまるで関係がなかった。

午前九時過ぎ、普通なら課内に交錯するように流れている通信指令センターの無線も、所轄《しょかつ》署独自の無線も、今のところ、沈黙している。所轄署にとって、一番、暇な時間帯だった。

無紋と主任の中山剣《なかやまけん》、それに犯罪抑止担当の係《シマ》では、唯一の女性警察官である境《さかい》なたねが立ったまま、とりとめのない雑談をしているとき、課長席に座っていた葛切良《くずきりりょう》平《へい》が突然立ち上がって、無紋たちのデスクに近づいてきた。

「無紋君、最近、俺は健康そのものの生活をしているよ」

「ジムにでも通ってるんですか？」

無紋は普通に答えたが、中山は早くも半分、背中を葛切に向けている。葛切と中山の不仲は課内では有名だったので、無紋もなたねも、中山のそんな反応をほとんど気にしていなかった。

「そうじゃないよ。夜は飲みにも行かず、家では卓球チャンネルで、卓球ばかり見てるんだ」

「卓球ですか。それはまたどうして？」

無紋の質問に、葛切は若干、体をのけぞらせるようにした。これは、葛切が自慢話を始めるときに決まって取る姿勢である。

「こう見えても、中・高時代は卓球部だったんだ」

「へえ、そうだったんですか！」

なたねが会話に割り込むように、素《す》っ頓狂《とんきょう》な声を上げた。葛切の頰《ほお》が緩む。課内の人気者の、若いなたねからこういう反応をされるのは、葛切も嬉《うれ》しいのだ。

「ああ、そうだよ。エッジボールのクズって呼ばれてたんだ」

葛切から隠れるように、自分のデスクに座ってしまった中山が噴《ふ》きだすのが、無紋にも分かった。

エッジボールとは打ったボールが相手コートの台の角に当たるもので、得点は有効で認められるが、いわばアクシデントとして、打ったほうが手を挙げて、謝るのがマナーだった。

ところが葛切の話では、自らエッジを狙っていると公言し、それが決まるとガッツポーズをしていたというから、蔭で他の選手からさぞ嫌がられていたことだろう。

「俺には他の異名《いみょう》もあったんだぜ」

「どんな異名なんですか？」

なたねがすかさず訊いた。

「バックフリックのクズとも呼ばれていた。バック前に来た球を払うように返球する技術なんだ。今じゃ、手首をひねって縦や横の回転をかけるチキータのほうが流行《はや》りだが、俺の頃はそんな技術はなかったんだよ」

なたねがいちいちうなずきながら、葛切の話を聞いている。葛切が中・高時代、卓球部だったというのはどうやら本当のようで、無紋もその専門的な知識に驚いていた。

なたねは優しい性格で、葛切が課内で孤立しているのを知っているから、葛切が会話に加わろうとするとき、できるだけ積極的に話し相手をしているようだった。ただ、問題は葛切が自分の孤立にまったく気づいていないことなのだ。

それに、なたねにしても別の思惑がないわけでもなかったのだろう。イケメンで女性に圧倒的にもてる中山に対する嫉妬《しっと》から、葛切が中山を常に口撃《こうげき》対象にしていることを知っているため、葛切の機嫌を取って、何とかその口撃を緩めようという意識も働いているのかもしれない。しかし、無紋の見るところ、葛切はなたねと中山が交際していることに気づいていないようだった。

なたねのことを多少とも気に入っている葛切が、なたねが中山に夢中であることを知れば、ますます嫉妬の炎が燃えさかり、中山に対する口撃がかえって加速されることにもなりかねない。だから、他の課員に比べれば、葛切と比較的よく話している無紋も、そんなことを葛切の耳に入れないほうがいいと判断していた。

中山は、無紋にとって掛け値なしにいいやつだった。しかし、葛切もそんなに悪い人間ではないと無紋は思っている。

ただ、葛切は黒縁《くろぶち》の眼鏡《めがね》を掛けた、一見謹厳実直そうな顔とは裏腹に、仕事にはけっして熱心ではなかった。課長席でスポーツ新聞の競馬欄を読んでいるか、そうでなければ、居眠りをしていることがほとんどだ。

そのくせ、文句だけは一人前に言う。従って、中山だけでなく、他の課員からも嫌われるのも当然なのだが、そういう分かりやすい過ぎる身勝手さが悪意の不在を証明しており、その結果、課内の緊張を自ずと和らげているというのが、無紋の特異な見解だった。

「中山君は、卓球には興味がないの？　君なんか、運動神経抜群だから、スポーツは何でもできちゃうだろ」

無紋が中山にふった。葛切を相手にするのが、億劫《おっくう》になってきたこともある。それに、中山と葛切がいつまでもつまらない対立を続けているのは好ましくないと思っていたので、二人の間を仲介するような気持ちも働いたのだ。

「卓球は自分ではあまりやりませんけど、見るのは好きですよ。特に女子の卓球は、非常にレベルが高く、中国に肉薄して世界二位ですから、見ていて面白いですよ。僕は特に早川《はやかわ》もねが好きです。あのサウスポーから繰り出されるフォアもバックも強烈で、完全に世界のトップクラスですよ」

「俺は平田美里《ひらたみり》が好きだね。ポイントを取ったとき、声を出して左手を上げる仕草が赤胴鈴之助《あかどうすずのすけ》みたいでかわいいだろ」

葛切の発言に、無紋は思わずうなりそうになった。赤胴鈴之助!? そんな比喩《ひゆ》が今時、通じると思っているのか。

それにしても、いかにも葛切らしいコメントだった。選手の技術的なパフォーマンスより、かわいらしさという周縁的な部分に関心があるのだ。

しかし、それはそれでいいと無紋は思っていた。スポーツには様々な観賞姿勢があり、楽しければ、どんな視点で見ても別に構わないだろう。

無紋も日本の卓球女子のレベルの高さは知っており、世界選手権のテレビ中継などでたまに見ることがあった。そのパフォーマンスの質の高さといい、選手たちの、礼儀正しくはつらつとした競技姿勢といい、それを見ていると、日本にはまだこんなにいいものが残っているのだという、奇妙な感動を覚えることさえあった。

「でも、日本のマスコミの、スポーツに対する報道姿勢はもう少し改めるべきですよ」

中山が、葛切の発言をまったく無視するように言った。

「どういうこと？」

無紋が促すように訊いた。空手の全日本選手権で準優勝している中山が、他のスポーツの情報にもかなり通じているのは、無紋も分かっていた。

「その競技の実力にあった報道をすべきでしょ。一番、報道が多いのは、MLBとサッカー、次はバレーボールやテニス、それに水泳や陸上競技くらいかな。野球は実際に強いからいいとして、女子の球技に限っても、サッカーやバレーボールより、卓球のほうが断然強いでしょ。それなのに、あまり大きく報道されないのは不公平ですよ。まあ、サッカーやバレーやテニスより、卓球台という競技空間が狭く、地味な印象を与えてしまうのかもしれないけど」

「それは君の言う通りだよ。卓球の報道は少なすぎるよ」

葛切が、恐ろしい勢いで、中山の発言を支持した。これは非常に珍しい現象だった。

中山も驚いたように、葛切のオッサン顔に視線を投げた。そのあと、葛切は、さらに調子づくように言葉を繋《つな》いだ。

「しかし、中山君、卓球が地味だなんてことは絶対ないよ。卓球会場に行って、一流選手のラリーを見てみるといいんだよ。カットマン同士の空中戦なんて、本当に迫力があって、人間業《わざ》とも思えないよ。そうだ、今月末のTリーグのファイナルのアリーナ席のチケットが一枚余っているんだ。どうだ、中山君、一緒に行かないか？」

一瞬にして、奇妙な静寂《せいじゃく》が四人の共有する大気の中に浸潤《しんじゅん》したように思われた。まさに驚天動地《きょうてんどうち》の提案だった。葛切が中山を卓球観戦に誘っているのだ。二人の関係を知っている誰もが、こんな場面を想像することはできなかっただろう。

無紋が中山を見ると、さすがの中山も黙りこくって、困ったような表情をしている。中山がようやく何かを言おうとして、口を動かし掛けた瞬間、無紋が遮《さえぎ》るように言った。

「中山君、いいじゃないか。課長と一緒に行ってこいよ」

中山は、それはないでしょという顔つきで、無紋を見ていた。そのまま中山に自由に発言させたら、中山が断ることは目に見えているから、無紋もこういう形で介入せざるを得なかったのだ。

葛切と中山の確執などそれほど深刻には受け止めていなかったが、それにしても二人の関係が正常になるに越したことはないので、これを気に関係修復を図ったほうがいいという意識が無紋にも働いていた。

「いつですか？」

中山が、気乗りのしない声で訊いた。

「三月二十四日の午後三時からだよ。場所は国立代々木《よよぎ》競技場第二体育館だ。試合開始は午後三時からだが、エリアだけ決められている指定席だから、いい席を取るためには午後一時くらいに行ったほうがいいな。一席六千円だけど、五千円にまけとくよ」

葛切らしいせこい提案だった。余っていたチケットなら、ただとは言わないまでも、せめて半額くらいにはすべきなのだ。しかし、自分が行くわけではないので、そんなことを無紋が言うわけにはいかなかった。

「日曜日ですね」

中山がスマートフォンのアプリカレンダーを見ながら言った。何とか行かなくて済む口実を見つけようとしているのか。土日の出勤は、輪番制だが、その日曜日は中山に休日勤務は入っていないことを無紋は知っていた。

一方、なたねはその日は出勤予定のはずだから、デートだという口実も成り立たない。いや、仮にそうだとしても、意外にストイックな中山が自分のデートの予定を葛切に言うとも思えなかった。

「ああ、そうだよ。最寄り駅はＪＲ原宿《はらじゅく》駅だから、改札口で午後一時待ち合わせだな。国立代々木競技場は、国立競技場とは別だから気をつけろよ。国立競技場は千駄《せんだ》ケ谷《や》が最寄り駅なんだ。俺も一度間違えて、ひどい目にあったことがある。お金は、当日でいいよ」

そう言うと、葛切はもう話が決まったと言わんばかりに、外に出て行った。おそらく、トイレに行ったのだろう。

「無紋さん、ちょっと何とかしてくださいよ！」

葛切が出て行くのを確認すると、中山が若干、裏返った声で叫んだ。

「いいじゃないか。あれで、課長も君のことは気にしているんだ。本当は君とも仲良くしたいんだよ」

それは無紋が正直に感じていることを言っただけで、その場しのぎというわけではない。葛切にとって、中山より、無紋のほうが誘いやすかったはずなのに、あえて中山を誘っているのだ。

「それはいくら無紋さんの言うことでも、納得できませんよ。この話には裏があるんです」

「裏って、どんな？」

無紋が怪訝な表情で訊いた。さすがのこだわり無紋にとってさえも、裏などあり得ない話に思えた。

「無紋さんも、総務の河村《かわむら》さんは知ってるでしょ」

「ああ、知ってるよ」

河村というのは総務課の係長だった。ごく普通の人柄のいい男だ。

「あの人、クズのオヤジの大学時代の後輩で、時々はオヤジとの飲みを付き合わざるを得ない立場らしいんですよ。なにしろ、うちの課では誰もあの人と飲みたがりませんからね。その河村さんから聞いたんだけど、二枚のチケットのうち一枚は、ヘソ出しパブの従業員の女の子を誘うつもりで、買ったらしいです。ところが、見事にふられちゃって、それで最初は河村さんを誘ったみたいです。でも、そんな話を聞いちゃったら、当然、行く気にはなれないでしょ。それで慌《あわ》てて伯父《おじ》さんに死んでもらって、葬式をでっち上げ、何とか難を逃れたと言ってました」

無紋もさすがに苦笑せざるを得なかった。中山も特に声を抑えて話しているわけではなかったので、無紋のシマ以外の人間もけっこう聞いていて、中には声を出して笑っている者もいる。

とにかく、葛切らしい話だった。健康な生活をしているはずなのに、ヘソ出しパブだけは、例外ということか。いや、葛切にとって、ヘソ出しパブに通うことは、健康維持のために必要なことなのかもしれない。

「へえ、それで君の所に、お鉢が回ってきたの？」

「そうですよ。我ながら不覚でした。こりゃあ、テロ攻撃ですよ。まさか、俺を誘ってくるとは思っていませんでしたから、不意を衝《つ》かれた格好です」

「そうだとしても、これがいい機会になって、課長とも良好な関係になるかもしれないんだから、付き合ってやればいいじゃないか」

「えっ無紋さん、他人《ひと》のことだと思って、そんな無責任なこと言わないでくださいよ。五千円も払ってクズのオヤジとのデートじゃ、究極の罰ゲームですよ」

「でも、早川選手や平田選手が出るんだろ。二人の卓球を間近で見られるじゃないか。きっとすごい迫力だと思うよ」

「それは見たいけど、クズのオヤジとそんなに長く一緒にいて、もつかどうか」

無紋は中山の言葉を聞き流し、二人の会話を聞いていたなたねに、応援を求めるように視線を投げた。なたねが、無紋の意図を察したようにすぐに話し出した。

「行ったほうがいいですよ。人気者の二人を生で見れるなんてうらやましいです」

「じゃあ、なたねちゃん、チケット譲ってやろうか」

中山の言葉に、なたねは怒ったように中山をにらみ据えた。だが、その視線の中に、柔らかな愛情が籠《こ》もっていることを無紋は見逃さなかった。

「いいです。別の日に主任に連れてってもらいますから」

なたねはそう言うと、にっこりと微笑んだ。なたねも、課内ではあくまでも中山を「主任」と呼び、公私の区別を付けているようだった。その催促に、今度は中山が苦笑する番だった。

無紋はこうなった以上、中山は葛切の申し出を断らないだろうと踏んでいた。中山は口では辛辣《しんらつ》なことを言う割に、本質的には優しい人間で、葛切を決定的に傷つける行動は取らないはずである。

そのとき、突然、室内に警視庁通信指令センターの無線が流れ始めた。

「本部より各局、弁天代区弁天代五丁目六の三十八番居住の、山上涼子《やまがみりょうこ》という女性から入電、夫からプロレス技のスリーパーホールドを掛けられ、呼吸が苦しいと訴えている。夫は今も大声で威嚇《いかく》しており、大変危険な状況――」

所轄内で発生した配偶者からの暴力事案は、「人身安全関連事案」と呼ばれ、犯罪抑止担当の無紋たちが、所轄の独自無線の指示を待つことなく、直ちに現場に直行しなければならないのがマニュアルとなっていた。

ところが、中山もなたねもあまり顕著には反応せず、出動を急ぐ様子も見せていない。やがて、中山がため息交じりに言った。

「また、あの家ですよ。これで今月五回目です。この前がコブラツイストで今回がスリーパーホールドですよ。次はきっと卍固《まんじがた》めでしょ。我々が駆けつけると、決まって夫が土下座して、妻に謝り、妻も夫をどうか許してあげてくださいと言いまくり、被害届なんて出す気はまったくないんです。実際、妻の体のどこにも傷がないから、こっちもどうしようもないんです。健康維持のためにやっているようなあの中年夫婦の夫婦喧嘩に、警察が付き合う必要があるんですかね」

なたねもその夫婦に関する事情は知り尽くしているようで、中山の言うことに、いちいち大きくうなずいている。

「それはそうだが、こっちも人身安全関連事案というマニュアルがある以上、行かないわけにはいかないだろ。君と境君で行ってくれないか」

無紋の言葉になたねの顔が一気に明るくなった。夫婦喧嘩の場合、女性警察官の臨《りん》場《じょう》は必須の条件だった。夫と妻を切り離して、妻から事情を聴くのは、女性警察官の役割なのだ。

無紋のシマには、あと一人若い男性刑事がいるが、本庁地域指導課に職務質問の研修に出かけて留守だった。午後には戻ってくるが、それまでは無紋を含めた三人で何とかやりくりしなければならないのだ。

こういう場合、たいていは地域課か自動車警邏《けいら》隊のパトカーが最初に駆けつけるはずだから、本当はなたね一人で十分とも言えた。だから、中山も行くように指示したのは、二人一組で行動するのが原則というだけでなく、無紋にしてみれば、言わばサービスみたいなものだった。

「分かりました。今日は、あの二人にこってり説教してやりますからね」

中山が出入り口のほうに歩き出すと、なたねが敏捷な動作であとを追った。その動きはまるでスキップを踏むようだった。その後ろから、無紋は中山に声を掛けた。

「じゃあ、課長にはオーケーって、言っとくぞ」

中山の返事はなかった。だが、無紋は中山が断ることはないと確信していた。

2

午前九時過ぎだった。ゴミ屋敷の駐車スペースの前で、制服警官と区役所の女性職員、それに町内会長の男が、その屋敷の所有者柳《やなぎ》隆三《りゅうぞう》と対峙していた。柳は七十三歳で、見るからに不潔な服装の男だった。

ヨレヨレのグレーのズボンを穿き、汚れと毛玉のほつれが目立つ臙脂《えんじ》色のセーターを着ていた。ただ、銀縁の眼鏡を掛け、髪の毛をきちんと七・三に分けた顔の表情が知的な雰囲気を漂わせている。

「分かりますか。みんな近所の人は迷惑してるの。こんな風に段ボール箱や粗大ゴミが公道にせり出しているのも、ゴミの不法投棄に当たり、道交法にも違反してるんですよ。我々が、ことを荒立てれば、あなた逮捕されちゃうよ。それでいいの」

若い制服警官がイライラを募らせた口調で迫っていた。実際、段ボール箱・冷蔵庫・テレビ・洗濯機などが公道に、大きくはみ出している。近くに中学校もあり、住宅街とは言え、自転車はもとより、車もそこそこ通るから、これらの粗大ゴミに車体の一部を接触させないとも限らなかった。

「じゃあ、逮捕すればいいだろ！　もっともお前みたいな若造の巡査にはそんなことを決める権限はないから、上司に相談するんだろ。だが、上司は逮捕しろとは言わないよ。面倒くさいんだ。こんなちゃちな事件でも、逮捕すればそれなりに仕事が増えるからな」

「何だと！　いいかげんにしろよ。あんたを逮捕して、その間に行政代執行《ぎょうせいだいしっこう》することも可能なんだぞ」

警官は若いだけに、あっという間にブチ切れたようだった。それは相手の挑発の言葉にいとも易々《やすやす》と乗せられた印象を与え、むしろ、ゴミ屋敷の住人のほうが、優越的な地位を確保しているかのような錯覚が生まれそうだった。

「まあまあ、福留《ふくどめ》さん」

いきり立つ警官をなだめたのは、六十歳前後に見える町内会長の紅林《くればやし》保《たもつ》だった。

福留と呼ばれた警官は、さすがに自制をするように、制帽の鍔《つば》に右手で触り、ふっとため息をついた。

紅林は弁天代商店街の近くでクリニックを開いている開業医だった。医者というよりは、いかにもこなれた、世話好きの商店の店主のような男だ。それでいながら、金縁の丸眼鏡を掛けた表情は、おしゃれな伊達《だて》男という雰囲気も醸《かも》し出している。

「ここは私たちにもう少し説得させてください。逮捕したって、こんな微罪じゃ、またすぐに戻って来て、事態はますます悪化しますよ。柳さんだって、けっして話の分からない人じゃないですから。まず、柳さんの言い分を聞こうじゃないですか。いったい、このゴミをどうしたいのですか？」

「そもそも、そういう物の見方が間違いの元だっていうんだ。これはゴミじゃない。財物なんだ」

柳の言い分に、紅林は余裕の表情でにっこりと微笑んだ。

「ほおっ、財物ねえ。では、その財物をどうしようっていうんですか？」

「どうする気もないよ。財物は大切に保管する。それだけのことだ」

「柳さん、そんな子供じみたことを言わないでくださいよ。私どもとしては、はっきりと条件を出してくれたほうがありがたいんですがね。私たちがどうすれば、このゴミ、いや財物を片付けてくれるんですか？」

「分かった。じゃあ、富永《とみなが》と世耕《せこう》を引っ越しさせろ。やつらが、いなくなれば片付けることを考えてやってもいいぞ」

「そんな無茶な！」

紅林が裏返った声で叫んだ。最初の余裕はどこかへ消え去り、その声には、すでに諦《あきら》めさえ籠もっているようにも聞こえた。

「話にならない！」

再び、怒りに火を点《つ》けたのか、福留が吐き捨てるように言った。

富永は柳家の正面の住人で、世耕は東隣の住人だった。二人ともゴミの処理を巡《めぐ》って、柳と激しく口論しており、富永家の庭にはネズミの死骸が投げ込まれ、世耕家の外壁には、「空気入れドロボウ！　地獄に墜《お》ちろ！」という落書きがなされていた。ネズミの死骸は単なる嫌がらせとしか言い様がなかったが、「空気入れドロボウ」は、柳の庭から越境してきた自転車の空気入れを世耕が勝手に処分したことに対する抗議なのは明らかだった。

「あの――よろしいでしょうか」

それまで黙って、三人のやり取りを聞いていた区役所の女性職員が初めて口を開いた。いかにも真面目《まじめ》そうな黒縁の眼鏡を掛けた短髪の女性で、三十代半ばに見える。

「この件につきましては、区の立場もございますので、私と柳さんだけで、まずお話しさせていただけないでしょうか。行政代執行と言っても、法律的にいろいろな手続きが必要で、そう簡単ではないんです。そういうことを柳さんにご説明し、しっかりとご納得の上で、自主的に撤去していただくのが一番いいと思いますので」

遠回しに言っていたものの、警察官の福留が軽々しく行政代執行という言葉を口にしたことに対して、釘を刺しているように聞こえた。確かに、警察と行政の立場は違うのだろう。区役所の担当職員としては、できるだけ穏便に解決したいと考えるのは、当然だった。

福留は若干、不快な表情だったが、何も言わなかった。すぐにその発言に同調したのは、機を見るに敏《びん》な紅林だった。

「それもそうですな。私も、ここはまずお二人に話し合ってもらったほうがいいと思いますね。ねえ、柳さん、それならいいでしょ」

紅林が柳の顔をのぞき込むようにして言うと、柳は鼻でせせら笑い、視線をそらした。それでも否定の言葉は吐かなかったため、紅林は同意したと解釈したようだった。

「それでは、福留さん、私たちは退散しましょう。私も診療がありますから、そろそろ引き上げなければならないんです」

紅林は福留の肩を抱くようにして、その場を離れた。福留も渋々ながら、路上に駐《と》めてあった自転車のほうに歩き始めた。交番勤務の警官だから、自転車でここまで来ていたのだ。

三人体制の小さな交番で、それほど長くここに留まっているわけにはいかなかったのだろう。従って、福留もこの場を区役所の職員に任せることに同意せざるを得なかったのかもしれない。

女性職員が近づいていくと、柳は微妙な笑みを浮かべた。そんな真面目な雰囲気の女性に対して、柳がどんな態度で臨むのか、予想するのは難しかった。

3

「クズのオヤジ、負けた側の『大下《おおした》アキュート神奈川《かながわ》』に所属していた平田選手に義理を立てたみたいなこと言ってましたが、嘘ですよ。本当は早川選手ともハイタッチしたかったのだけど、突然中年オヤジの羞恥心《しゅうちしん》が出て、引いちゃったんでしょ。若い人たちだけでなく、中高年の観客たちもみんな平気で選手たちとハイタッチしていたんだから、彼もそうすればよかったんですよ。それをしないでおいて、まるで小さなガキみたいに、早川選手とハイタッチした俺に嫉妬するなんて、逆恨《さかうら》みもいいとこですよ。まったく、最悪の一日でした」

中山が語る事の顚末《てんまつ》を聞きながら、無紋は深いため息を吐《つ》いた。無紋と中山は、なたねを間に挟んで、新宿《しんじゅく》三丁目にあるバー「テソーロ」のカウンター席に座っていた。

「テソーロ」は、それまでの売りだった、一九六〇年代から七〇年代に流行ったロックを流す店であることを完全に放棄し、今や純粋な昭和歌謡の店に変貌していた。その割に、「テソーロ」という、スペイン語で「宝物」を意味する店名を変更しない、頑なな姿勢が不思議だった。

日ごとにテーマを決め、それに合わせた昭和の歌謡曲を流している。その日のテーマは「恋」で、先ほどから小川知子《おがわともこ》の「初恋のひと」が流れていた。あまりにも古すぎて、無紋さえ聞いたことがなかったが、そのメロディー自体はさわやかだった。

しかし、中山の話は流れているそのメロディーとは正反対の、ドロドロした中年男の嫉妬にまつわる、ばかばかしいとしか言いようのない内容だった。

葛切と中山は、前日の日曜日に行われたTリーグのファイナルを一緒に見に行くまではよかった。だが、そのあとがいけなかった。

早川の所属する「日東生命《にっとうせいめい》レッドウルフ」が優勝して、最後に優勝チームの選手たちがヴィクトリー・ロードを歩いてファンに挨拶するセレモニーが行われた。このときエリア指定のアリーナ席に座っていた葛切と中山にも、選手たちにお祝いの言葉を掛け、ハイタッチするチャンスが巡ってきたのだ。

中山は、臆《おく》することなく、他の観客と共に観客席を離れて、ヴィクトリー・ロードの最前線まで出て、「おめでとう」と言いながら、早川ともハイタッチしたのだが、葛切は不意に内気になったかのように、一人だけ座席に留まっていた。

そのあと、葛切は突然、不機嫌になり、帰り道でしつこく中山に絡んできたのだ。葛切に言わせれば、課長がハイタッチしていないときは、部下である主任もそういう行動は控えるべきだという。

「まったくいつの時代のことを言っているんですかね。いくら警察に古い体質が残っていると言っても、今や令和ですよ。いいかげんにしてもらいたいです」

中山は憤懣《ふんまん》やるかたない口調で、文句を言い続けていた。中山にしてみれば、葛切には、課内に付き合ってくれる部下がほとんどいないことを配慮して、葛切の誘いを断らなかったのに、結果がこれでは腹の虫が治まらないのだろう。

「でも、課長はどうして、ハイタッチしなかったのでしょう。私なんか、そういうチャンスがあったら、嬉しくてハイタッチどころか、早川選手に抱きついてしまったかもしれないですよ」

なたねが不思議そうに言った。

「やっぱり、それは恥ずかしいんだろうな。俺も課長の気持ち、分からなくはないよ」

無紋が考え込むように、ぽつりと答えた。

「じゃあ、係長もその場にいたら選手たちとハイタッチできなかったと思いますか？」

なたねはそう訊くと、ピーチ系カクテルを一口飲み、無紋の顔をしげしげとのぞき込んだ。

「ああ、たぶん、できなかっただろうね」

無紋はジャックダニエルの水割りを一口飲んだ。その間隙《かんげき》を衝くように、再び、中山が話し出した。

「でも、無紋さん、周りの観客はみんな選手たちとハイタッチしてるんですよ。セレモニーの途中で帰っちゃう客もいるけど、最後まで残っている客は、それが目当てで残ってるんですから。選手とのハイタッチなんて、ごく普通のことなんです。近頃は、Tリーグも集客のために、涙ぐましい努力をしてるんです。高額な席には、ハイタッチどころか、お気に入りの選手と記念撮影できるサービスまで付いているチケットがあるらしいですよ。まあ、卓球は今年のようなオリンピックイヤーは盛り上がるけど、オリンピックが終わっちゃうと人気を維持するのがなかなか難しいそうです」

「そういうことなのか。それを聞くと俺も卓球をますます応援したくなったよ。それはともかく、今朝はどうだった？　課長の機嫌は直ったの？」

「直るはずないですよ。今度は、すねた子供みたいにだんまりを決め込んでいますよ。そのくせ、嫌がらせだけはしっかりとやってきますからね。今日も、俺の頼んだ出前の天丼《てんどん》を断りもなく先に食って、中山が頼んだのはざるそばだなんて言い張ってたそうです。俺は席を外していたけど、なたねちゃんの話によると、『マシマシ亭』のバイトが出前を運んできたとき、彼はいったん、ざるそばを受け取って、その代金を払っているんです。俺はなたねちゃんに代金を預けていたので、彼女が天丼代を払って、天丼を俺のデスクにおいてくれたんです。ところが、そのあと、クズのオヤジが俺のテーブルに近づいてきて、『ああ、間違えた。俺が頼んだのは天丼だった。中山はざるそばだったな』と言って、取り替えて、あっという間に天丼を食っちゃったんです。自分がざるそばを注文したのは分かっているくせに、わざと嘘を吐いたんですよ。せこいと思いません？　ざるそばの代金で、天丼を食ったんだから」

「しかし、君はその差額の代金を彼に請求してないんだろ」

無紋は笑いながら言った。無紋は外に出ていて、昼食は外のレストランで済ませたので、その事件のことは知らなかった。ここまで来ると、ユーモアとして楽しむしかなかった。

「してませんよ。クズのオヤジも、昨日の経緯から、俺が話しかけてこないのを知っていて、あえてやったんですよ。昼飯代を何とか減らしたいんじゃないですか。河村さんによると、彼の昼飯代は上限が六百七十円で、ちょうどざるそばの値段なんです」

「課長って、奥さんはいるんですか？」

なたねが中山に訊いた。

「ああ、奥さんと大学生の息子が二人いるらしい。だから、家計もけっこう厳しくて、いつも奥さんに厳しく言われているって話だよ。でも、卓球の観戦代とヘソ出しパブ代だけは、どうしても捻出したいから、今日みたいにせこいことをやるんだよ」

無紋は聞きながら、妻子持ちとしては、中山に対してよりは、葛切に多少の同情を感じずにいられなかった。幸いなことに、無紋の妻、里美《さとみ》は金銭的にあまりうるさくなく、無紋の出費を制限することはほとんどない。

経済的に楽なはずはないが、月の金が足りないときは、他の経費を調整して、何とかやりくりしているようだった。娘の志保《しほ》は大学四年生で、授業料は無紋が負担したが、その他の生活費は志保自身がアルバイトで稼いでいた。

「まあ君や境君は独身だから、給料はみんな自由に使えるだろ。君らも、結婚したら、妻子持ちの俺たちの気持ちも分かるようになるさ」

「いやだ、係長、結婚の話なんて、まだ早いですよ。それに、中山さんがオーケーって言ってくれるか分からないし」

なたねが突然、はしゃぐように言った。まだ飲み始めたばかりなのに、その顔は真《ま》っ赤《か》だった。無紋にしてみれば、中山となたねが結婚するという前提で発言したというより、一般論として言ったつもりだった。

だからそういう反応が、なたねの早とちりなのか、それとも分かった上で、自分の都合の良いように微調整して、中山にアピールしたのか、判断が付かなかった。

中山は、何も言わず、白ワインを一口飲んだ。「初恋のひと」は終わり、都《みや》はるみの「好きになった人」が流れ始めた。その軽快なリズムに乗って、なたねが首を軽く上下に振っている。

中山もなたねも、この店で流れる曲を知っているはずもないから、二人とも無紋の顔を立てるような心境でここに来ているのだろう。

いや、無紋にとっても、この店の曲は二世代くらい上の曲であることが多く、知っているとしても後追いで学習した曲がほとんどなのだ。それにも拘《かか》わらず、無紋は過去への郷愁とも呼ぶべき不思議な感性が自分には備わっているように感じていた。

無紋は、交通事故死した姉の佳江《よしえ》の顔を不意に思い浮かべた。その過去への郷愁と姉の記憶がどこかで繋がっているのは、間違いないように思われたのだ。

4

小野寺《おのでら》ルイが地下鉄弁天代駅に戻って来たのは、午後八時過ぎだった。ルイは十六歳の高校一年生で、地下鉄で高校まで通っていた。卓球部に属しており、中学生の頃、都大会ではベスト8《エイト》まで進んだことがある優秀な選手だった。

その日も、春休みの部活の練習を終えたあと、駅まで帰ってきたのだが、いつもと違っていたのは、駅前の駐輪場に自転車を駐めていなかったことである。出がけに、乗ろうとしてタイヤがパンクしていることに気づき、やむを得ず徒歩で出かけていたのだ。

自宅から駅まで、徒歩十五分くらいだから、それほど自転車にこだわる必要はない。どのみち、自転車店に持っていく時間がなかったので、そうするより他に方法はなかった。

制服姿のルイは、黒のバッグを抱えて、明るい商店街を抜け、すでに住宅街を歩いていた。不意の舞台の暗転のように、商店街の明かりから遠ざかった途端、濃い闇が大気に浸潤したように思われた。所々に街灯もあるが、その光は周囲の事物の輪郭を明瞭に映し出すほどの威力はなかった。

ルイは不思議な感覚に襲われていた。普段自転車で走り抜けている熟知した道であるはずなのに、まったく知らない道を歩いているような錯覚に陥《おちい》りそうだった。いかにも下町らしく、入り組んだ細い道も多く、曲がり角の薄闇の蔭に誰かが潜んでいるような不安さえ感じていた。自転車なら、五分も掛からない道を十五分も歩くとなると、余計な思念が巡り、その思念に増幅されて、不安は恐怖に近いものに変わり始めていた。

しかも、駅近くの道ではまだかなりいた通行人も、住宅街の奥深くに進むと激減し、それほど遅い時間帯でもないのに、ルイの後ろからわずかな足音が聞こえるだけになっていた。

ルイは直線道路に差し掛かっていた。その道を百メートルほど進めば、交差点に出て、そこを左折して五十メートルほど歩くと、自宅に着く。だが、ルイは先ほどから後方で響いている足音が気になってならなかった。ルイの前方には誰も歩いていない。

後方の足音は複数ではなく、一人であるように思われた。立ち止まって、振り返ってみる。かなり後方にいる人影が視界に入ったが、その人影に動きはなかった。目を凝《こ》らしても、男女の区別さえ分からなかった。

ルイは再び歩き出した。後方の足音が始まる。立ち止まってみる。足音も止む。ルイは、すでに後ろを振り返る勇気を失っていた。後方の人影がルイの動きに合わせて、影のように動いているのは明らかに思われた。つまり、ルイは尾行されているのだ。

ルイは次第に早足になり、ついには小走りになっていた。胸の鼓動が激しく鳴っている。ともかく、交差点まで逃げれば、その近辺は街灯も多く、比較的明るい上、車もそこそこ通るし、通行人も増えるだろう。

だが、ふと気づいた。いつの間にか後方の足音は消えていた。ようやく振り返ると、人影も見えない。後ろにいた人間がどこかの脇道に入ったのは、間違いないように思われた。あるいは、道沿いにある自宅に入ったのかもしれない。ルイは安堵のため息を吐いた。

後方の尾行者は、恐怖心が招いた幻影に過ぎなかったと思ったのだ。

しかし、再び歩き出した次の瞬間、黒い戦慄《せんりつ》がルイの全身を走り抜けた。不意に前方の脇道から人影が現れ、凄まじい速さでルイに近づいてきたのだ。闇の色域《しきいき》の中、化け物じみた顔が、映画の接写《クローズアップ》のように浮かび上がった。

闇の中の梟《ふくろう》。そんなイメージが咄嗟《とっさ》に思い浮かんだ。その人物の手に握られている金属の刃先が、鈍い光を発した。

ルイは声にならない悲鳴を上げ、襲いかかってきた人物の左脇をすり抜けようとした。後頭部に鈍い衝撃を感じ、痺《しび》れるような痛みが脳髄《のうずい》に沈潜した。パニックになった。大声で泣き叫びながら、バッグを放り出し、両手で頭を抱え込んだまま、全力で交差点まで走った。わずか数十秒の時間だったはずだが、それはルイには途方もなく長い時間に感じられた。

交差点の明かりを感じたところで、ルイは思わずひざまずいた。数分間、意識を失っていたように感じられた。

「どうしたんですか？」

男の声に、ふと正気を取り戻した。見上げると、その中年の男一人ではなく、男の妻らしい女も深刻な表情でルイの顔をのぞき込んでいた。たまたま通りかかった中年夫婦が、交差点の隅にしゃがみ込むルイに気づき、声を掛けたようだった。

「たった今、誰かに何かで頭を殴られたんです。暗くて、顔は分かりませんでした」

言いながら、ルイは手が血で赤く染まっているのに気づいていた。頭から出血し、手で押さえたときに、付着したのだろう。

女がハンカチを取り出し、ルイに差し出していた。ルイは礼を言う余裕もなく、ハンカチで痛みの一番強い頭の部分を押さえた。

「じゃあ、救急車と警察を呼びますけど、いいですね」

男が携帯を取り出しながら、念を押すように緊張した声で言った。

「お願いします。ありがとうございます」

ルイはほとんど泣き声で答えた。やがて、他の通行人もルイの周りに集まってきた。辺りは騒然とした雰囲気に包まれていた。

パトカーと救急車のサイレンが聞こえ始めたとき、ルイは住宅の前の縁石《えんせき》に腰を下ろしたまま、呆然としていた。ただ、頭の痛みは治まってきており、それほどたいした傷とも思えない。しかし、その傷に比べて、精神的ショックは計り知れなかった。

襲撃されたときの様子を思い起こすと、強盗とは違う気がした。だいいち、制服を着ている女子高校生が、それほど高額の金を持っているはずがない。だが、誰かに恨みを買うほどのきわどい人間関係などルイにはまったく思い浮かばなかった。

5

なたねが、閉口した表情で、近隣トラブルの現場から戻って来た。地域課からの要請で、交番勤務の若い制服警官と共に、管内の住宅街のゴミ屋敷に出かけていたのだが、相手の態度があまりにもひどかったらしい。

二階建ての一軒家だったが、庭から公道の路上に段ボール箱や、あらゆる雑多な粗大ゴミが溢れ、生ゴミの入ったビニール袋も散乱し、異臭を放っているという。区役所の住民課の担当職員、それに町内会長と共に、四人で説得に当たったのだが、相手はまったく聞く耳を持たなかった。

「そのゴミ屋敷の主《ぬし》に家族はいないの？」

無紋が訊いた。

「奥さんは一年前に病気で亡くなっています。娘さんが一人いたらしいですが、父親がそんな状態なんで、愛想を尽かして出て行ったそうです」

「家族離散ですか。そりゃあ、大変だ」

なたねの右横に座っている中山が、茶化《ちゃか》した口調で会話に加わった。無紋は、中山のさらに右横に座っているので、三人が横並びに座って会話していることになる。無紋の席から十メートルほど離れた位置に課長席、その横に課長代理の席がある。

葛切は、その日は居眠りをしているようだったが、例の事件から三週間近く経っているのに、中山とは相変わらず口を利いておらず、冷戦状態が続いていた。

「そのゴミ屋敷の主、仕事は何をしてるの？」

中山がなたねに訊いた。

「近所の人の話では、かつては琉珀《りゅうはく》大学文学部の教授だったらしいです。六十五歳で定年退職していますが、八歳年下の奥さんが一年前に亡くなるまではごく普通の人で、特に悪い評判もなかったみたいです。でも、奥さんが亡くなってからは、どこからか不法投棄された粗大ゴミを集めてきて、あっという間に家はゴミ屋敷化されたそうです。ゴミ出しのルールも守らず、近所の人が注意すると、相手を怒鳴りつけ、注意した家にネズミの死骸を投げ込んだり、脅迫まがいの落書きまでするようになったんです」

なたねの説明に、無紋は困ったものだと思いつつ、その男が妻と娘と暮らしていた境遇は自分も同じで、もしも将来妻を失えば、精神的に不安定になり、娘とも不仲になるかもしれないという不安を抱かないでもなかった。

「それにしても、なたねちゃんまでが、そんなゴミ屋敷問題に駆り出されるんじゃ、うちの守備範囲も広すぎますよね。もはや何でも屋という感じでしょ。そんなの交番の巡査だけで対応できないんですかね」

中山の発言に、無紋が軽く首を横に振ってから、話し始めた。

「いや、地域課もいろいろ事情があって大変なんだろうね。それに、そういう状況はゴミの不法投棄でもあるんだから、うちの領分でもあるのは確かだからね。しかし、民事が絡んで来るから、一番大変なのは区役所の担当職員だろうな。そんな案件は、そこら中で起こっているだろうからね。たいていゴミ屋敷の住民は精神的な問題を抱えていて、専門のカウンセラーでも投入しない限り、なかなか前には進まないよ。でも、どの自治体にだって、専門家を置く財政的余裕があるわけじゃなし——」

「普段なら、一番、暇な刑事課に手伝えと言いたいところですが、連中も例の通り魔事件で、珍しく超多忙ですからね」

中山の皮肉な言葉に、無紋もなたねも小さくうなずいていた。

弁天代署の管内で、近頃、重大事件が発生していた。一週間ほどの間隔を置いて、通り魔的な殺傷事件が四件も連続して起こったのだ。帰宅途中の男女が手斧《ておの》のようなもので後頭部を殴りつけられ、一人が死亡し、三人が負傷していた。

まず、三十代に見える角刈りのヤクザ風の男が、頭を二回殴打されて殺害されていた。当初は暴力団抗争か半グレ集団の内輪もめとも思われたが、そのあとの展開があまりにも意外だった。

次に襲われたのが十六歳の普通の女子高校生で、どう見ても最初に襲われたヤクザ風の男と関係があるようには見えなかった。しかも、その次に五十代のサラリーマンが、そして四度目に四十代の主婦が襲われたため、事件はまったく異なる様相を見せ始めたのだ。

あとの三人の被害者については、全治二週間程度の怪我だった。被害者の年齢や性別がまちまちで、しかも事件発生現場もそれぞれ離れていたため、何とも犯行の目的が見えてこなかった。

凶器に手斧のようなものが使われたという以外に、共通していることと言えば、四人の被害者全員が自宅に戻るときに、住宅街で襲われていることだった。負傷で済んだ被害者三人がそう証言しており、殺害された男も駅から住宅街へと向かう姿が、複数の防犯カメラに映っており、帰宅途中だった可能性が高いと警察は判断しているらしい。

ただ、警察が注目したのは、三人の生存者が異口同音《いくどうおん》に、後方に不気味《ぶきみ》な足音を感じていたにも拘わらず、突然人影が前方に現れ、逃げようとしたところ、後頭部を殴られたと証言していることだった。

従って、犯人はその地域の脇道など、地理に詳しい人物と想像された。弁天代地区の住宅街はいかにも下町らしいたたずまいのところが多く、脇道が複雑に入りくんでいて、土地鑑のない人間には、そういう犯行は不可能に思えた。

「通り魔殺傷事件だから、捜査本部が立つのは当然だけど、徳松《とくまつ》さんがまた、無紋さんにいろいろと相談をしに来るんじゃないですか。刑事課と生活安全課の扱う事件の対象は、刑事課が刑法犯で、生活安全課が特別法犯ということになっていますが、窃盗罪が刑事課で、痴漢《ちかん》などの迷惑防止条例違反が生活安全課みたいな、分かりやすい区分ばかりじゃありませんからね。その境界線はもうグチャグチャですよ」

中山の言葉を聞きながら、無紋は久しぶりに刑事課の徳松良樹《よしき》の顔を思い出していた。前回、過去の公安がらみの大事件で、徳松に協力して以来、徳松が無紋に個人的に捜査協力を頼んでくることはなかった。

「理屈が通用しない無差別的な通り魔事件には、俺は興味がないよ」

無紋は苦笑しながら、ぽつりと言った。実際、それはそうだった。無紋のこだわり捜査は、事実関係を徹底的に調べ上げ、その上で論理的整合性に基づいて結論を下すことで、その真価を発揮するものなのだ。

しかし、通り魔のような確たる動機のない事件は、論理という武器は使えないことが多く、無紋には関心の薄い分野だった。ただ、問題は無紋の関心とは無関係に、徳松がまったく自分の都合だけで、無紋を事件に巻き込んでくることなのだ。

無紋はすでにこの時点でいやな予感を覚えていた。

6

「無紋さん、久しぶりだな」

無紋がトイレに行って、部屋に戻ろうとしていたとき、外の通路で徳松から声を掛けられた。午後一時過ぎだったが、朝から曇りの日で、階段際《ぎわ》の窓から差し込む日差しはなく、通路全体が妙に薄暗かった。

「君のとこも、例の通り魔で大変だろ」

「そうなんだよ。通り魔事件は、一月《ひとつき》の間に四件も起こり、死人も一人出ているから、警視庁のお偉方《えらがた》も捜査本部を立ち上げないわけにはいかねえんだろうな。だが、本部から来ている捜査員は地元のことなんか、何も知らねえから、結局、俺一人で頑張っているようなものさ。それに、どうも妙なんだ」

　どうも妙なんだ。無紋は、その言葉を心の中で反芻《はんすう》した。

　徳松がまたいつもの手を使い始めたのを、無紋は敏感に感じ取っていた。無紋の関心を惹くように、それが普通の事件ではないことをまず匂わせるのだ。無紋は、すでに警戒心を高めていた。

「何が妙なの？」

「通り魔事件と言っても、被害者がいくら何でもまちまちすぎるように思うんだ。最初に襲われたのが、チンピラ風の男だ。こいつに限って、まだ身元が割れていないんだが、ひょっとしたら暴力団の末端くらいには属していたかも知れねえな。肩に、ショボい彫り物を入れてるんだ。ただ、二件目が十六歳の女子高校生で、三件目が一部上場企業の、五十代の会社員男性。そして、最後が四十代の普通の主婦だ。男女の比率は五分五分だし、年齢もバラバラだ。高校生以下も、六十以上の高齢者もいねえけどな。これって、通り魔なのかよ」

　徳松は何かを窺《うかが》うように、無紋の顔をのぞき込んできた。そんな目をされても、その程度の情報で無紋が何か決定的な意見を述べることなどあり得ないことは、徳松も分かっているはずだ。

「さあ、それはどうかな。ただ、通り魔事件だとしたら、当然、今後続くことも考えておくべきだろうね」

無紋が当たり前のことしか言う気がないのは、徳松も想定内のようだった。

「そうだよな。ところで無紋さん、ちょっとお願いがあるんだけど――」

この「ところで無紋さん」が、問題なのだ。無紋は先手を打つ必要を感じた。

「ダメだ。今、うちもひどく忙しいんだ」

無紋は間髪《かんはつ》を容《い》れずに言った。このあたりでストップを掛けない限り、徳松はずるずると、無紋の懐《ふところ》深くまで入り込んでくるだろう。

「いや、そんなに時間が掛かることじゃないんだ。今日の午後三時から、二時間だけ、付き合ってくれませんか。無紋さんならクズのオヤジに何とでも言って、外出できるでしょ。お願いしますよ」

徳松までが、中山にならって、葛切を「クズのオヤジ」と呼び始めていた。それに、頼み事のときだけ、猫なで声の丁寧語を使うのも、いかにも徳松らしかった。

「いったい何に付き合えと言うの？」

こう訊くのがやぶ蛇になるのは想像がついていた。しかし、無紋自身まずいと思いつつ、この通り魔事件に多少とも興味を覚え始めたことは否定できなかった。

いくら無差別的に被害者を選んでいるとしても、通り魔には特有の志向性があるものなのだ。恵まれた者に対する嫉妬に基づく犯行なら、裕福そうな人間あるいは容姿の優れた人間を被害者に選ぶとか、無差別性の中にもそれなりの整合性が認められることが多いのである。

徳松がこういう志向性の欠如に注目しているのは、間違いなかった。徳松はいつも品のない、頭の巡りの悪い刑事を装っているものの、その捜査能力はけっして侮れなかった。

「午後三時から、被害者の高校生に現場検証に付き合ってもらうことになっているんだ。そこに来てもらいたいんだよ。無紋さんだって、事件現場は見たいだろ」

これが、徳松の第二弾の得意技だった。いつの間にか、無紋のほうが事件にかかわりたがっているという雰囲気を巧《たく》みにでっち上げるのだ。無紋にしてみれば、事件現場を見たいなどとは一言も言っていない。

「見たくないよ。俺は通り魔のような非論理的な事件は苦手なんだ」

「そう言わずに、付き合ってくれよ。頼むよ。俺はどうも女子高校生みたいな若い女の子は苦手なんだ」

「何言ってんだよ。君にだって、娘さんが二人いるじゃないか」

「あんな成人した口の減らない娘たちなんか、清純な女子高校生とはわけが違うよ」

無紋は苦笑した。どうやら徳松は、女子高校生という概念に過剰な幻想を抱いているようだった。

そのまま無紋は無言を通した。こういう場合の沈黙が、徳松の都合のいいように解釈されるのは分かっていた。

逸脱刑事。「こだわり無紋」に加えて、この異名も署内に浸透しているのは知っていた。唯一の救いは、その言葉自体は無色透明で、自分の領域外の事件を解決するが、けっして表に出ない無紋の姿勢を肯定しているわけでも、批判しているわけでもないことだった。

7

無紋の予想通り、事件現場には制服警官も、徳松以外の刑事課の刑事も来ていなかった。要するに、この現場検証は徳松が勝手に被害者に頼み込んで行うもので、現場に無紋を合流させ、何か有益な判断を無紋から引き出そうとしているのは間違いなかった。

女子高校生を苦手としているはずの徳松が、三人の被害者の中から特に小野寺ルイという女子高校生を選んだ理由が、無紋は分からないではなかった。ルイは見た目にもいかにも真面目な運動選手という印象で、質問に対する答え方もハキハキしていて感じがよかった。

それに無紋のこれまでの捜査経験で言えば、こういう被害者のうち、年齢が低いほうが、発生した事件の詳細を覚えていることが多く、しかも女性のほうが男性よりも、色彩などの記憶という点でも正確な気がするのだ。

「悪いね。今日は卓球の練習はしなくて良かったのかな」

いつもは強面《こわもて》の徳松も、相手が制服を着た十六歳の女子高校生であるため、ずいぶん気を遣った話し方をしていた。住宅街の路上で、時間は午後三時半頃だったので、それほど多くの人々の通行があるわけではなかったが、それでも買い物に出かける主婦や学校帰りの子供たちが無紋たち三人の横を通り過ぎていく。

「大丈夫です。顧問の先生も怪我が治るまでは練習に出なくてもいいと言ってくれています。でも、傷のほうもぜんぜんどうってことはないので、明日から練習に参加しようと思ってるんです」

ルイは明るい声で答えた。実際、怪我はたいしたことがなかったらしく、その点では不幸中の幸いだった。

「君は中学生の頃、都大会でベスト8に残ったこともあるんだってな。スゴいな」

徳松の言葉に、ルイは笑いながら首を横に振った。

「全国大会でベスト8に残ったわけじゃありませんから、そんなにスゴくないし」

「ほら、この間まで中学生だった、女子のものスゴい選手がいるだろ。今度、オリンピックの代表になった——」

徳松が無紋の顔を見ながら言った。

「ああ、張山美帆《はりやまみほ》選手ね」

無紋が徳松の記憶を補うように答えた。

「そうそう、彼女なんか中学生の地区大会みたいなのに出ることはあるのかね」

「出ませんよ。出たら反則です」

徳松の質問に、ルイが笑いながら答えた。反則という言い方が、無紋にはいかにも女子高校生らしい新鮮な言葉に聞こえた。

「反則ねえ。やはり、勝てませんか?」

無紋も思わず笑いながら、訊いた。

「勝てないどころか、彼女がわざとミスしない限り、一ポイントも取れませんよ」

「そうか、そんなに強いのか」

徳松が妙に納得した表情で独り言のようにつぶやいた。それから、思わぬ妄言が飛び出した。

「まあ、競馬で言えば、イクイノックスが未勝利戦に出るようなもんだろうな」

ルイはきょとんとした表情だった。それはそうだろう。イクイノックスは前年度に引退した世界最強と言われた日本馬だったが、高校生に競馬の知識などあるはずがないのだ。

無紋が競馬をやることを知っている徳松が、深く考えもせず、放った軽口だったが、警察官が競馬の話を未成年者にするのも、問題だった。

無紋は腕時計を見た。自分の時間を気にしたというより、ルイをあまり長く引き留めておくわけにはいかないと思ったのだ。さすがに、徳松もそんな無紋の思いを察したようで、雑談はここまでとして、すぐに実況見分に入った。

徳松のルイに対する要求はシンプルだった。ルイが事件当日に襲われた直線道路を歩いたときの状況を正確に再現させたのである。

だが、この再現には思いのほか時間が掛かった。ここでこだわり無紋の本領が発揮されてしまい、無紋の希望でルイは同じ直線道路を何度も歩かなければならなかったからだ。ルイがバッグを放り出した位置も、厳密に再現させた。

しかし、ルイは文句一つ言わず、明るい笑顔で協力してくれた。その結果、無紋は、ある予想外な結論に到達していた。

ルイの証言では、後方の足音が止んで二十秒後くらいに、誰かが不意に前方に現れたという。確かに、ルイが襲われ、鞄を放り出した位置から後方十メートルくらいに左折する道があり、そこから半円を描くように歩いて、元の道に戻ると、その襲撃現場に出るのだ。

無紋がスマホの地図で、迂回路《うかいろ》の距離を調べると、二百メートルほどあった。一方、多少の誤差はあるにしても、六回繰り返された歩行検証の結果からすると、ルイは全長で百三十メートルくらいある直線道路に入ってから、その襲撃現場まで、およそ六十秒で歩いたことになる。

健康な成人の平均歩行速度は時速四キロから六キロくらいなのだが、ルイのこのときの歩行速度を時速に直すと、だいたい七・五キロくらいだった。それはルイが卓球選手であることを考えると、別段不自然な速さではない。

しかもそのとき、後方の足音に怯《おび》えていたため、かなり速く歩き、最後のほうはもはや小走りになっていたというのだから、この歩行速度はそのときの状況とけっして矛盾するものではないのだ。

無紋の提案で繰り返された検証は、ルイが当時とまったく同じくらいの速さでその直線道路を歩き、無紋と徳松が交代で迂回路を走ってみることだった。だが、ルイが襲撃現場に到着する前に、無紋も徳松も迂回路からそこに到着して待ち伏せすることはとうてい不可能なことが判明していた。

「ボルトくらいじゃないと無理だということだな」

ルイが帰ったあと、徳松が納得顔で言った。徳松も無紋もさして足が速くなかったので、中山がいてくれたらと、無紋も思わないではなかった。中山は高校時代、足も速く、百メートルを十一秒台の前半で走っていたというのを、本人の口から聞いたことがあった。

しかし、確かに、ウサイン・ボルトと同じくらい速くなければ無理なのだから、中山がいたとしても結果は同じだっただろう。

「それで、結論は、どうなるんだ？」

弁天代署に徒歩で戻る道すがら、徳松が無紋に尋ねた。時刻は午後六時を過ぎていて、西の空はすでに暮れかけていた。

「犯人は一人ではなくて、二人かもしれない。追い込む役割の人間と待ち伏せする人間がそれぞれいたと考えるのが、合理的だ」

ルイが無関係な通行人の足音を犯人のものと勘違いした可能性もゼロとは言えなかった。だが、頭を抱えて、路上に蹲《うずくま》るルイが、交差点の右方向から歩いてきた夫婦に発見されて、救急車が呼ばれたのが、午後八時三十分頃のことで、事件発生から十分くらいが経過していた。

つまり、事件発生時、ルイのすぐ後方に事件と無関係な通行人がいたとしたら、この夫婦より先に負傷しているルイを発見したはずだから、やはりルイの後方にそういった人物がいた可能性は低いように思われた。

「そうか、そういうことだな」

徳松も半信半疑ながら、無紋の言うことに同意せざるをえなかったのだろう。確かにルイの協力を得ての実況見分で判明したことは、尾行者一人が道を迂回して待ち伏せすることはほぼ不可能ということだった。

いずれにしても、被害者たちの金品は奪われていないから強盗目的とは考えられず、かといって被害者の年齢も性別もバラバラなのだから、性的な目的とも考えにくい。結局、通り魔的な無差別の犯行と言うしかなかった。

だが、通り魔的な犯行が二人で行われたとしたら、かなり異例だった。従って、無紋は犯人の目的が分からず、その意味でも不可解という他はなかった。

ルイの証言から、犯人が凶器として手斧を使用した可能性が高かったが、まだ発見されておらず、犯人が依然として凶器を隠し持っているとも予想され、それが再び犯行に使われることが危惧《きぐ》されていた。

「それにしても、あの子は実にさわやかないい子だね。無紋さん、そう思わないかい」

徳松の言葉に、無紋も思わず微笑みながら、うなずいていた。路上に駐めてあった自転車に乗って帰ろうとしていたルイに徳松が声を掛けた数分前の光景を、無紋は思い出していた。

「今日はありがとう。とても役に立ったよ。犯人を捕まえたら、すぐに報告するからな。それと卓球も頑張ってくれ。将来はオリンピック選手だよな」

「オリンピックは無理だと思いますが、練習、頑張ります」

ルイが笑顔で答えた。その表情ははつらつとしていて、無紋が過去に置き忘れてきた何かを思い出させた。この実況見分が、けっして不快な捜査協力にならなかったのは、確かだった。

だが、無紋は同時に、徳松に対する協力はここまでだと思い決めていた。過去に徳松によって、公安関係の絡む殺人事件に巻き込まれ、大変な事態に立ち至った記憶が鮮明に蘇っていた。この程度の協力までなら、まだ岸に引き返すことができるのだ。

逸脱刑事。無紋は生活安全課だけでなく、署内全体に知れ渡っている、その異名を思い浮かべた。それを徳松のせいだけにするわけにはいかないだろう。俺は刑事課ではなく、セイアンの刑事なのだ。無紋は、自分自身に強く言い聞かせていた。

第二章　血縁

1

警視庁は弁天代署五階に、「弁天代地区における連続殺傷事件」の捜査本部を立ち上げていた。ただ、殺人事件が絡んでいる割に、捜査本部の規模は小さく、本庁から動員された刑事の数も五十名程度だった。

追加措置として、刑事課以外の部署からも、所轄署の署員が捜査本部に動員されていた。捜査本部が立ち上がった際、生活安全課の捜査員や地域課の制服警官の一部が動員されて、本庁の捜査一課や所轄の刑事課の捜査員のバックアップ態勢を取ること自体は、ごく普通のことである。

だが、この態勢が無紋の日常に大きな変化をもたらすことは、無紋自身が予想していなかった。何と中山が、捜査本部の要員に加えられたのだ。

しかも、葛切が特に推薦したという。通り魔に新たな罪を犯させないようにするのは、まさに生活安全課の中の「犯罪抑止担当係」にふさわしい仕事だという理屈らしい。葛切が無紋を推薦しなかったのは、自分の首を絞めるようなものであることが、分かっているからだろう。

なぜなら、課内で少しでも深刻な問題が発生すると、課長代理がいるにも拘わらず、葛切は無紋に頼り切り、無紋が実質的に課長代理のような存在になっているからだ。

一方、当然のことながら、中山は不満たらたらで、この件を「クズの陰謀」と呼び、「まだ、ハイタッチのことを根に持っているんですよ」と言い出す始末だった。ただ、そうは言っても、中山には環境の変化に即応できる柔軟性があり、捜査本部に入っても十分にやっていけるのは、無紋には分かっていた。

無紋にとっての最大の問題は、中山の不在によって、多忙の波が一気に押し寄せてきたことだった。まずは、犯罪抑止担当の係長である無紋にとって、主任の中山は何と言っても片腕的な存在であり、やはりその不在はかなりの痛手だった。

また、なたねも例のゴミ屋敷のことで、地域課と合同で対処せざるを得ない立場にあった。しかも、そのゴミ屋敷の件で普段相談していた主任の中山が、捜査本部に取られてしまったため、無紋に相談することが多くなっていた。

もちろん、それ以外にも犯罪抑止担当の無紋のシマが対処しなければならない案件は、山ほどあった。夫婦喧嘩、振り込め詐欺の抑止と啓発活動、無銭飲食、風俗街のトラブルなど、雑多な案件がほぼ毎日のように起こってくるのだ。

徳松は、あの実況見分に付き合って以来、やはり何度か秘密裏に捜査協力を求めてきたが、無紋はまったく取り合わなかった。中山が捜査本部に取られてしまったことを逆手《さかて》に取って、「そっちは君と中山君で、うまくやってくれ。中山君は有能な刑事だよ。俺は今、それどころじゃないんだ」と言い放ち、徳松も、これまでにない無紋のガードの堅さに、その渋柿のような顔をますます不機嫌にゆがませていた。

実際、無紋の状況は、多忙から超多忙に変化していた。なたねは「係長、本当にお忙しいときに申し訳ありません」と言いながらも、ゴミ屋敷の件もかなり根が深いらしく、つい無紋に相談してしまうのだ。

無紋もこだわり性格のせいで、現場を見ずに意見を述べるのは、気が引けたため、なたねの案内でゴミ屋敷に出かけていた。

そのゴミ屋敷の状況は、想像以上だった。積まれたゴミの量も凄かったが、それ以上に、車のない駐車スペースに置かれた生ゴミの入った袋の悪臭がひどいレベルに達していたのだ。無紋が慌ててマスクを取り出して着けたほどである。

このクサさは暴力だ。いや、犯罪だ。無紋は思わず、小声でつぶやいていた。

何度も現場に来ているなたねは、あらかじめそれが分かっていたためか、医療用の密閉度の高いマスクを初めから用意していた。近隣の人間が耐えられないのは、ゴミに覆われた視覚的な風景というよりは、むしろ、この悪臭の暴虐《ぼうぎゃく》とさえ呼べるような状況に思われた。

この臭いは気温の上昇と共に、さらに悪化するのは明らかだった。無紋は、心底、これは何とかしなければならないと思った。

「こりゃひどいな。中に住んでいる主人がこの臭いに耐えられるのが不思議だね」

「そうなんです。臭いの元はこの駐車スペースの生ゴミだけじゃなくて、室内もスゴいって話ですよ。午前中と午後に一回ずつ、カーテンは閉めたまま、この家の主人が窓を開けるのだそうですが、そのときものすごい臭いが周囲に飛散して、近所の人々はパニックになるらしいです。行政代執行するなら、外だけじゃなくて、室内もしてもらわなければ困るとみんな言ってます。ところが、ここの主人は室内でもマスクをして、弱い冷房を入れ続けておくと、臭いなどまったく感じないとうそぶいているんです」

「そりゃあ、冷房代が大変だろ。電気料金などはきちんと払っているのかな」

「ええ、電気料金も水道代もまったく滞納していないようです。亡くなった奥さんの実家が相当な資産家の上、本人も元大学教授なので、お金には困っていないようです。ですから、この家のひどい状態は、やはり本人の性格的な問題かと――」

無紋となたねがこんな会話をしているとき、駐車スペースの奥にある玄関のほうから、扉が開く鈍い音が聞こえた。粗大ゴミと不燃ゴミの山に視界が遮られて、無紋は極度な視野狭窄状態になっていた。

やがて五十センチ程度の幅の駐車スペース横のわずかな空間をカニ歩きで出てくる男の姿が見えた。このゴミ屋敷の主、柳だった。

「こんにちは」

柳が公道に出てきたとき、なたねが取り繕った笑顔で声を掛けた。公道と言っても、かなりの空間が粗大ゴミで占拠されているため、やたらに窮屈《きゅうくつ》な印象を与えている。

「また、あんたか。もう話すことなんかないよ。これは、警察の出る幕じゃないんだよ。さあ、帰った、帰った」

柳はジーンズに、白い長袖シャツという服装だったが、シャツの袖が黄ばんでいて、長い間洗濯もしていないことを窺わせた。ただ、無紋は服装よりは、思わず、その頭の形に注目した。

骨相学的に言うと、頭頂部が突き出ていて、西洋では神父に多い頭の形で、豊かな知力と感性を想像させるものだった。元大学教授であることを考えれば、当然だが、その頭頂部の突き出し加減は並外れているように思えた。

「そんなこと言わないで、話くらい聞いてくれてもいいじゃないですか。柳さん、お願いしますよ」

なたねが哀願するように言った。デニムに明るめのカーキ色の長袖Tシャツという服装で童顔だから、二十六歳という実年齢より若く見える。

「話だけでもねえ」

柳は、自問するように言い、それから早口で言葉を繋いだ。

「まあ、あんたの場合、あのえらそうで馬鹿な交番の巡査よりはずっとましだから、話すくらいならしてやってもいいが、今日は、また別のおえらいさんを連れてきたんだね」

言いながら、柳は無紋のほうに視線を投げてきた。

「生活安全課の無紋と言います。残念ながら、それほどえらくはないんですけどね」

無紋は穏やかな口調で、さりげなく自己紹介した。

「だけど、この子の上司には違いないだろ。とにかく、上司だろうと誰だろうと、私を説得しようとしても無駄だよ。早く帰りなさい」

なたねのことを「この子」と表現して、まるで子供扱いだ。無紋に対する口の利き方も傲慢で、まさに教授が学生に対応するような態度だった。

目が若干据わっているものの、言っていることが支離滅裂《しりめつれつ》というわけでもない。無紋はもう少し会話を続ける気になっていた。

「まあそうおっしゃらず、せっかく来たんだから、少しだけお話をさせてくださいよ。この家にはどれくらいお住まいなんですか？」

ゴミの話をしたのでは、すぐに拒否されてしまうというのが、無紋の判断だった。だいいち、こういう状況になってしまった以上、今更、ゴミを片付けろ、いや片付けないの押し問答をしたところで、何の意味もないのだ。

「もう三十年以上前から住んでいるよ」

「大学の教授をなさっていたそうですね。ご専門は？」

柳の表情が変わっていた。それは、無紋の質問に対して、意表を衝かれたようにも、警戒しているようにも見えた。

「心理学だよ」

「心理学と言っても、実験心理学のようなほとんど理系に近いものもあるし、文学部の学生が学ぶような思い切り文系の心理学もありますよね」

「よく知ってるじゃないか。あんたも研究者だったのか？」

「とんでもない。ただの聞きかじりです」

あんたも研究者だったのか？　その言葉もあながち間違いではなかった。無紋は東大文学部歴史文化学科出身のノンキャリア警察官という変わり種だった。専門は違うが、昔は研究者になろうという気持ちが少なからずあったのだ。

「私は文学部の教授だったから、あんたの言う思い切り文系の心理学の専門家だよ。とにかく、私は家の中を他人に覗かれるのが我慢できないんだよ」

無紋はその発言に違和感を覚えた。誰もそんな要求はしていないのだ。近所の住民が要求しているのは、ゴミを処分して欲しいということだけだった。

だが、そう言えば、相手の地雷を踏むことにもなりかねないので、無紋は口には出さず、もう少し雑談的な会話を続けるほうを選んだ。

「心理学って言うと、私のような素人はすぐに相手の心理を読んで、行動を予測するという風に繋げちゃうんですが、学問というのはそんな単純なものではないのでしょうね」

「いや、そんなことはない。行動心理学という分野がちゃんとあって、それはあんたの言うように相手の行動を読むという実践的な活動に大いに貢献することだってあるさ。例えば、戦前のスパイの養成学校では、専門教育は軍事学を中心とするものだったが、その中の諜報活動に関する講義なんか、まさに今風に言えば、行動心理学の教育だったんだよ」

聞きながら、無紋は柳の理性が完全に生きているのを感じていた。となれば、このゴミ屋敷状態を放置しているのは、何かの精神疾患のせいというよりは、生まれつきの性格の偏りによるものと思われてきた。

「柳さん、そういう心理学に通じているあなたを説き伏せるのは至難の業だと思いますが、このゴミの山をせめて公道までは、はみ出させないで欲しいんですが、何とかなりませんかね」

無紋はできるだけ下手《したて》に、頼んだつもりだった。さまざまな案件を抱えている立場からすれば、一つでも解決できるものは、解決したいのだ。

柳がゴミのことを財物と表現していることはなたねから聞いて知っていたから、ここでもその反論を予想していた。そうなった場合、すぐには否定せず、無紋が得意とする哲学的論議に誘い込むつもりだった。

「だから、私は公道は有効に活用すると言ってるんだ。だって、公道はみんなのものだろ。あんたも、結局、そんな凡庸な説教をしようということか。だったら、話しても無駄だよ。さあ、帰ってくれ」

無紋は一瞬、絶句した。その豹変《ひょうへん》は、あまりにも唐突だった。ただ、無紋の意図を読み切っていて、あえてそれを封じるような態度に出たと思えなくもなかった。

無紋がどう反応しようか考えている、一瞬の隙を衝くように、柳が言葉を繋いだ。

「なあ、無紋さんと言ったな。あんた、シャーデンフロイデという言葉を知ってるか？」

「それって、『他人の不幸は蜜の味』って意味でしたっけ？」

「よく知ってるじゃないか。スゴいと一応褒《ほ》めておこう。しかし、その翻訳は間接的過ぎて気に入らないな」

「じゃあ、何て訳せばいいんですか？」

「他人の不幸は私の喜びである」

そう言い捨てると、柳が不意に踵《きびす》を返し、駐車スペースの横の細い道を、身体を横にして戻り始めた。

「柳さん、もう少し話しましょうよ」

そう呼びかけたのは、無紋ではなく、なたねだった。だが、柳は振り向くことはなかった。しばらくして、鈍い扉の開閉音が聞こえた。

「いつもこうなのかね？　随分、気が短いねえ」

言いながら、無紋はその気の短さには故意が働いているとも感じていた。

「ええ、まあ、そうですね。私だけのときは、もう少し長く話しますが、人が複数いるときは、かえって強い態度になるみたいです」

無紋はなたねの言葉にうなずいた。

「他人の不幸は私の喜びである。なるほどね」

無紋はなたねにというよりは、自分自身につぶやくように言った。

「それって、さっき柳さんが言った言葉の意味ですか？　そんなこと、誰が言ったんですか？」

「いや、誰が言ったかは知らないが、心理学にシャーデンフロイデという言葉があるんだよ。ドイツ語でシャーデンが『損害』、フロイデが『喜び』だから、人が損害を受けているのを見ると、人間は思わず、嬉しい気分になってしまうという意味になるのかな」

「係長は、ドイツ語までできるんですか？　スゴいです！」

「ぜんぜんスゴくないよ。ドイツ語は第二外国語で少し習っただけで、単語を知ってるレベルだから」

「それでもスゴいですよ。私、大学時代の英語すらギリギリでしたから、ドイツ語なんかとても。でも、間違った言葉ですよね」

むろん、なたねが道徳的な視点から、素朴に言っているのは分かっていた。しかし、無紋はあえて皮肉に答えた。

「いや、この言葉は必ずしも間違ってはいない」

なたねは意味が分からないと言いたげな表情だった。だが、無紋はそれ以上、衒学《げんがく》的な解説をするつもりはなかった。

シャーデンフロイデという言葉を、柳のゴミ屋敷に当てはめれば、近隣の住民が柳の家のひどい景観と悪臭に苦しむことが、柳の喜びであると言っているようにも聞こえる。

ただ、そんな喜びを得るためにだけ、柳がこんな馬鹿げたことをしているとも思えず、その理由は無紋には不明という他はなかった。

2

無紋は三日後、再び、ゴミ屋敷に出かける羽目になった。午後八時から、柳の家の前で柳との話し合いが予定されており、なたねが交番の福留巡査と立ち会うことになっていた。

だが、福留が別の事件に対応することになり、代わりに無紋がその話し合いに参加することになったのだ。ところが、無紋が出かけたことはまったくの無駄足に終わった。

その話し合いは、町内会長で医師である紅林が設定したものだったが、紅林が約束の時間にインターホンを通して話したところ、柳は「今日は話し合う気などない」と言い捨てたあとは、一切応答しなくなっていた。前日、路上で東隣の世耕と鉢合わせになり、激しく口論したことが原因で、その日の紅林との約束を反故《ほご》にするつもりらしい。

「いや、私はその場にはいなかったので、二人がどういう経緯で口喧嘩になったのかよく分からないのですが、私があとで世耕さんを庇《かば》うような言い方をしたのが気に入らないのでしょうな。本日の話し合いは中止にすると言っているんです。せっかく皆さんに来てもらったのに、申し訳ない」

紅林はあきらめ顔だった。昔は柳家の掛かり付け医として、柳との付き合いもあったらしいので、その性格も分かっているのだろう。

区役所の女性職員は、すでに引き上げ、ゴミ屋敷前の路上で、マスクを着けたまま話しているのは、紅林と無紋となたねだけだった。

紅林は、なたねから聞いていた通り、医者にしては随分、物腰が柔らかく、話しやすい相手だった。二人は初対面だったが、会って十分程度で打ち解け、無紋自身は、まるで前からの知り合いであるかのように感じていた。

紅林の軽妙なしゃべり方が、独特の親和力を発揮しているように見えた。

「しかし、一番、大変なのは区役所の方《かた》でしょうね」

無紋の言葉に紅林は意味ありげにうなずくと、無紋となたねのほうに一歩近づき、囁くように言った。

「実は、区役所のあの女性職員、柳さんの娘さんなんですよ」

「えっ、そうなんですか！」

大声を上げたのは、なたねだった。その顔は啞然《あぜん》としていた。

「すると、あの方が出て行ったという娘さんなんですか？」

「はい。二人は正真正銘の父娘《おやこ》なんですよ」

紅林が、もう一度念を押すように言い、二人に纏《まつ》わる事情を説明し始めた。

柳は六十五歳で大学を定年退職していたが、妻の死後、一人娘の瞳《ひとみ》と不仲になり、夜中に娘を怒鳴りつける柳の大声が近所に響き渡るようなこともあったらしい。

結局、瞳は父親の暴力的な言動に耐えられなくなり、家を出ていってしまった。家を一年足らずで一気にゴミ屋敷化したのは、区役所の住民課で近隣トラブルの苦情処理を担当している娘の瞳に対する当てつけだろうというのが、紅林の見解だった。

「住民課の課長は瞳さんの気持ちを考えて、担当を変えようとしたんですが、責任感の強い彼女は、『何とか父を説得したいので、このままやらせてください』と申し出て、同じポジションに留まっているんです」

紅林の説明に、無紋は驚くというより、すっかり暗い気持ちになっていた。

「でも、言葉遣いなんて本当によそよそしく、私たちの前で二人が言い合っているのを見ても、まさか父娘とは気づきませんでした」

なたねが、なおも驚きを隠せない表情で言った。

「そうなんですよ。この前、福留巡査も、二人が父娘だと聞いて、呆《あき》れるほど驚いていましたよ。我々には平気で怒鳴りつける柳さんが、瞳さんに対しては、丁寧語を崩しませんからね。でも、それがかえって確執の根深さを表しているとも言えるんです。近所で二人の関係を知っている人は、みんな瞳さんに同情していますよ。瞳さんは真面目で、優しく、近所の評判もいい娘さんでしたからね」

紅林がため息をつきながら、締めくくるように言った。

それにしても、無紋にとってさんざんな一日だった。柳との話し合いに来たのに、会えないし、こんなに暗い話は聞かされるしで、いいことは何もなかった。無紋が腕時計を見ると、すでに午後九時近くになっている。

ここから弁天代署まで、歩けば十五分くらいだが、無紋は署に戻る気はなかった。すでに署は夜間体制に入っていて、シマ単位の担当は解除され、宿直担当が総合的に事件に対応する体制になっているのだ。

三人は、弁天代商店街の方向に歩き始めていた。そのとき、なたねのスマホが鳴った。

「はい、分かりました。今から、コンビニに行き、そのあと署に戻りますから大丈夫です。ええ、お夜食と歯みがきセットですね――ええ、それと――」

無紋と紅林は立ち止まってスマホで話すなたねに構わず、そのまま歩き続けたため、次第になたねの声が遠ざかっていく。

「無紋さんは、お酒はお飲みになりますか？」

紅林が、突然、妙に明るい声で訊いた。

「ええ、けっして嫌いじゃありません」

無紋は苦笑しながら答えた。

「でしたら、ちょっとうちにお寄りになりませんか？　ウイスキーと、美味《うま》いつまみがあるんですよ」

紅林が、嬉しそうに誘ってきた。いかにも酒好きらしく、肩の凝らない雰囲気で飲めそうだ。紅林のクリニックは弁天代商店街の手前の住宅街の一角にあるから、ここから一、二分で着くはずだった。

「でも、そちらの診療のお邪魔《じゃま》になってはいけませんからね。夜でも、急患を診《み》なきゃいけないことも起こるんじゃないですか？」

「いや、飲んじゃった者勝ちですよ」

紅林はおどけて言った。それから、まるで自己紹介するように、自らの履歴を語り始めた。

「私、元々は外科医でしてね。大病院の外科部長までやっていたんです。夜だろうと昼だろうとこき使われていましたが、その頃だって、酒を飲んじゃったと言えば、病院側はそれでも急患を診ろとは言えないですよ。そういう息抜きがなければ、大病院の外科部長なんかとてもやっていられません。以前に比べりゃ、開業医の今は、気楽なもんです。クリニックと自宅が兼用になっていますから、たまに、こちらの都合などお構いなしに、診療外時間に押しかけて来る患者もいるんです。でも、適当な薬を処方するか、注射の一本でも打ってやれば、安心して帰って行きますよ」

そのとき、足音が後ろから聞こえ、小走りに駆けてきたななたねが追いついた。

「係長、私、署に戻らなくちゃいけないんです」

「分かっているよ。中山君に買い物を頼まれたんだろ」

「ええ、やっぱり、主任も泊まり込みだといろいろと大変みたいです」

ななたねは若干、顔が赤くなったようだったが、紅林もいるので、いかにも真面目な答え方だった。無紋だけだったら、もう少し個人的な感情が出る発言をしたかもしれない。

中山は「弁天代地区における連続殺傷事件」の捜査本部要員だったので、本庁の刑事たちと共に、弁天代署四階の道場に泊まり込んでいた。特別捜査本部は五階の会議室に設置されているが、捜査本部要員の寝泊まりには道場が使われている。

本庁の刑事たちはキャリーバッグで必需品を持ってくるのに慣れているが、初めて捜査本部に入る中山は、リュック一つの軽装備で捜査本部入りをしていた。従って、今になって、足りないものが出てきたのだろうと、無紋は想像していた。

幾《いく》らも歩かないうちに、三人は弁天代商店街の入り口近くまで来た。商店街に入らず、右手に折れると、紅林のクリニックがある。

「じゃあ、私、コンビニに寄りますので、ここで」

なたねが無紋と紅林に一礼すると、前方にある、商店街内のコンビニに向かって小走りに駆け出した。

「いいですね。あの人はさわやかで、はつらつとしている。さすが、警察官ですよ。ああいう人なら、うちの受付に雇いたいです。実は、今、受付の女の子が辞めちゃって、後任を探しているんですが、なかなか見つかりません。最近の若い子はちょっと注意するだけですぐ辞めちゃいますから、困ったもんです。――無紋さん、どうぞうちにちょっとお寄りになりません？　すぐそこですから」

無紋は紅林の誘い方が、妙に熱心になってきたのを感じていた。ひょっとしたら、紅林のほうに何か話したいことがあるのかもしれない。

だとしたら、付き合ってみるのも悪くない。すでに無紋は電話で、夕食は要らないと妻の里美に連絡してあったから、いずれにせよどこかで軽い食事を摂るつもりだった。

「じゃあ、せっかくなので、ちょっとだけ寄らせていただきましょうか」

無紋の言葉に、紅林はいかにも嬉しそうにうなずいた。

3

無紋は二階の応接室に通されていた。一階がクリニックで、二階が紅林と妻の住居になっているらしい。紅林には息子と娘が一人ずついるが、二人とも結婚してこの家を出ていて、妻と二人暮らしだという。

「さっきも言ったように、今、受付の女の子がいないので、私と通いの看護師さんと二人だけで、何とか切り回しているんですよ。女房は趣味の俳句で、句会や吟行《ぎんこう》などにしょっちゅう出かけ、クリニックのことなんかにまったくタッチしてくれません」

紅林が笑いながら言った。

「俳句ですか？　いいご趣味ですね」

「そうかも知れませんが、私はそういう文学趣味よりは、どっちかというと、もう少し享楽的なほうでしてね。酒を飲んで、美味いモノを食べるほうが性に合っているようです。花よりだんごという、クチなんです」

無紋は微笑んだ。紅林の気取らない性格は、無紋の目には、好ましいものに映っていた。

「お子さんたちもお医者さんなんですか？」

「いや、二人とも医学部を目指していたんですが、結局、ダメだったんです。なので、このクリニックも私の代で終わりです。金で何とか医学部に入れる時代もあったのですが、今じゃ、どんな私立の医学部も実力主義がはびこっていて、困ったものです」

そこは「はびこる」とは言わないだろうと、無紋は思わず突っ込みたくなった。だが、笑ってやり過ごした。紅林がたいして深刻な話でもないと言わんばかりに、明るい口調で、子供たちの不甲斐《ふがい》なさに言及したため、無紋も気楽な気分で聞いていたところもある。

扉が開いて、銀色のトレイを持った紅林の妻が入ってきた。トレイの上には、アイスペールとウォーターピッチャー、グラス二個、それに刺身が盛られた皿と醬油やはしがのっている。

紅林の妻は紫紺《しこん》のワンピースを着ていて、臙脂色の眼鏡を掛けた、品のいい女性だ。いかにも俳句をしていそうな雰囲気だった。年齢的には、五十代半ばに見えた。

「こちらは弁天代署の無紋さん。柳さんのゴミの件で、お世話になっているんだ」

紅林が紹介すると、紅林の妻は、深々と頭を下げ、丁寧な口調で挨拶した。

「主人がお世話になっております」

「突然、お邪魔して申し訳ありません」

無紋も深々と頭を下げて、恐縮したように言った。

「とんでもありません。主人はお酒が好きなんですが、誰か話し相手がいないと飲めない性質《たち》なんです。付き合っていただき助かります。私がアルコールはまったくダメで、主人のお酒の相手はできないものですから」

そう言うと、紅林の妻は朗らかに笑った。見た目の印象は、知的で慎ましやかだったが、話してみると、下町風で気さくな印象だった。

「無紋さん、この刺身、コチですけど、鮮度は抜群ですよ。商店街の北に『魚正《うおまさ》』っていう、小さな魚屋があるんですが、そこの親爺が造る刺身は、天下一品ですよ。その親爺の愛想の悪さも天下一品ですけどね」

紅林が話している間、妻は、二人が対座する透明のソファテーブルの上に、手際よくトレイで運んで来たものを並べていく。確かに、コチの刺身はいかにも活きが良さそうで、見た目も美しかった。

「それと、冷蔵庫に例のサラミがあるだろ」

「ええ、今、用意しています。一度には運びきれなかったものですから」

二人の会話を聞きながら、無紋は若干、慌てていた。それほど長居するつもりもなく、つまみは刺身だけで十分だった。実際、無紋は酒を飲むときは、それほど多くのつまみを必要としないタイプだった。

「どうぞお構いなく。私はこの美味しそうなコチだけで十分ですから」

「いや、無紋さん、そう言わずに、サラミも召し上がってみてください。新宿の高浜屋《たかはまや》デパートがスウェーデンから直輸入している代物で、実に美味いんです。昔、外科部長をしている頃、ストックホルムで学会があったんですが、向こうの連中と話していると、実にサラミにこだわっているのが分かって、『今日はいいサラミが手に入ったから、ワインで乾杯だ』みたいな言い方をするんです。日本の江戸時代風に言うと、さしずめ『今日はいい鯛《たい》が手に入ったから、一杯やろう』って感じなんですかね。ああいう日照時間が極端に短い季節がある、極寒の地域の食文化では、やはりサラミの味は非常に重要なのかもしれませんよ」

無紋は、紅林の蘊蓄《うんちく》に耳を傾けながら、その表現の豊かさに感心していた。言葉だけではなく、表情も豊かに話すから、思わず引き込まれてしまうのだ。実際、紅林の話を聞いていると、サラミなどにたいして関心がなかった無紋も、是非食べてみたいという気持ちになってくるから不思議である。

紅林はいわゆる通人で、無紋のようにとことん、納得できるまで一つの事柄を追求するタイプではなく、多くのことに興味を持ち、しかもどれもかなりの水準でこなす能力の持ち主に見えた。だからこそ、かなり忙しい開業医の身でありながら、おそらく誰もやりたがらないと思われる町内会長のような仕事を引き受けることができるのだろう。

こういう紅林なら、ひょっとしたら、このやっかいなゴミ屋敷問題をうまく解決できる手助けになってくれるかもしれないという期待さえ、無紋は抱き始めていた。

4

思わぬほどの長居になっていた。時刻はすでに午後十一時を回っていた。それほど、紅林との会話は心地の良いものだった。

初めて会った人間と会話しているような感じがまったくしなかったのだ。むしろ、昔からの知り合いのような錯覚が生じそうだった。

コチもサラミの味も、紅林の言う通り絶品で、アルコールを飲むときあまり食べない無紋も、つい食が進んでいた。

紅林の妻はサラミを持って来たあとは、姿を現すことはなかった。水や氷がなくなるたびに、紅林がキッチンに向かい、氷と水を補給して戻ってくるのだ。

無紋は、家では、そういうことは里美か娘の志保に任せ、自分ではほとんど動かなかったから、紅林はあまり手の掛からない理想的な夫あるいは、父親に見えた。

子供がクリニックを継げなかったことはあるにせよ、無紋の目には紅林の家庭は特に問題のない幸福な家庭に映っていた。しかし、紅林に言わせると、過去においては、そうでもなかったというのだ。

「若い頃は私も随分、遊びましたからね。言いわけに聞こえるかもしれませんが、人の命を預かっている外科医なんかしていると、やたらにストレスがたまるんですよ。お酒だけじゃなく、競馬・競輪・競艇などの賭け事はもちろんのこと、銀座のクラブに出かけて、愛人を作ったこともありましたからね。それがばれて、妻が投げた鉄瓶が、私の頭上すれすれに飛んできたこともあったくらいです」

笑いながら話す、表情豊かな紅林の顔を見つめながら、さもありなんと無紋は思った。しかし、無紋の持論では、浮気のような反復的なトラブルは常に安定へと回帰するものなのだ。危険なのは、反復性のない、一回限りの情念の衝動だった。

「ところで、無紋さん、柳さんの家ですが、臭うと思いませんか？」

紅林が体を前傾させ、奇妙なほど抑えた声で訊いてきた。無紋の胸奥に一気に不穏の雲が立ち上った。

考えてみれば、無紋が紅林の誘いに応じたのは、ゴミ屋敷のことがあるからだった。紅林がいい解決策でも提案してくれるのではないかと、密かに期待していたのも否定できなかった。

しかし、無紋は直感的に、紅林がそれとは異なることを言いだそうとしているように感じていた。ゴミ屋敷が臭うのは、あまりにも当たり前に過ぎるのだ。

「ええ、確かに臭いますが、何しろ、ゴミ屋敷ですからね」

無紋はとりあえず、紅林の質問を額面通りに受け止めて答えたように装った。紅林はそのまま言葉を繋いだ。

「みんな生ゴミの臭いだと言うんだけど、医者の私は臭いには敏感なんですよ。死が近い患者を診ることも多いですからね。施設に入っていた老人が自宅で死にたいと望んで、死ぬ数週間前に自宅に帰り、私が往診に行くこともよくあります。そういうとき、すでにその老人から死臭が漂っているのを感じることもあるんです。だから、あの臭いも、どうも生ゴミの臭いとは思えないんだな」

紅林の顔は紅潮していた。アルコールのせいばかりではないように思われた。紅林の言っていることは、まるであのゴミ屋敷の中に死体があることを仄《ほの》めかしているように聞こえるのだ。そうだとしたら、一体誰の死体だというのか。

「それは警察としては、聞き捨てならない話ですね。確かに、あのゴミ屋敷は、死体を隠しておくには、うってつけかもしれません。あの家の中は、庭や道路の粗大ゴミなんかに遮蔽されて見えませんからね。犯罪学の格言にこういうのがあります。殺人者にとって、死体のもっとも安全な隠し場所は自宅である。家族の中に密告者がいない限りは」

「なるほど。奥深い言葉ですな。確かに、自宅で殺人を犯した人間が、そもそも死体を外に捨てに行こうとすること自体が間違いの元かも知れませんね。家の中に置いておくほうがよっぽど安全というわけだ」

紅林がつくづく感心したように言った。

「しかし、その格言は、統計的には必ずしも正しいとは言えないんです」

「とおっしゃいますと？」

「家の中に隠してあった死体は、けっこうな確率で発見されているんですよ。それも家族の密告ではなく、――」

「臭いでしょ」

紅林がまるで早押しクイズの解答者さながらの勢いで答えた。

「その通りです。やはり、視覚よりも嗅覚の浸潤力は半端ではないんでしょうね。近隣で何かが臭うということが噂になって、結局、発覚しているんです。しかし、今度のようなゴミ屋敷ということになれば、事情が違ってくるはずです。あれだけひどいゴミ屋敷だと、誰でも悪臭がするのは当たり前と思ってしまいますからね」

無紋の言葉に紅林は大きくうなずいている。その表情には、これまでのゆとりが消え、深刻さの澱《おり》のようなものが滲《にじ》み始めたようにも思われた。紅林は、これまでとは違った真剣な口調で話し始めた。

「実は、今日、真剣にご相談したいと思っていたことがあるんです。柳さんの奥さんの郁子《いくこ》さんが亡くなったとき、近所の人は誰も奥さんの遺体を見ていないんです」

こう言うと、紅林はこれまでに見せたことのない不安な表情になって、じっと無紋の目をのぞき込んできた。無紋はぎょっとすると同時に、やはり、とも思っていた。

いくら気さくな性格の紅林と言っても、初対面で、警察官であることが分かっている無紋をいきなり自宅に招いて、酒食のもてなしをするのは、それなりの事情があるに違いないのだ。

「柳さんの奥さんが亡くなったのは、いつ頃のことだったのですか？」

「今から、一年くらい前ですな。しかし、通夜も葬式も家族だけで自宅で行い、親戚も知人も呼ばなかったそうです。あとは葬儀社に任せて、近くの火葬場で荼毘《だび》に付したようです」

「それは、柳さんがそう言っているんですか？」

「いえ、瞳さんです。瞳さんは、少なくとも親しい親戚や知人は呼んだほうがいいのではないかと主張したらしいんですが、未だに感染症を恐れている柳さんは頑として受け付けなかったそうです。もっとも、郁子さんのご両親はすでに他界されている上、郁子さんも、ごきょうだいがいなかったので、近親者という意味では、絶対に呼ばなければいけない人間もいなかったようなんです」

確かに、そういうことなら、判断は難しかった。近頃は、葬式は家族葬が多く、大規模な葬式は少なくなっているという。それに、四年前の感染症の拡大が、未だに影響していることも否定できない。そういう葬儀の形式が、いちがいに奇妙だとは言い切れなかった。

「しかし、死亡届を出す際、医者の死亡診断書がいるのでは？　死亡診断書がないと、火葬許可証が出ず、火葬ができませんからね」

無紋の問いに紅林は少々困惑した表情を浮かべたが、すぐにこともなげに答えた。

「実は、その死亡診断書を書いたのは私なんです」

口にこそ出さなかったが、無紋はこの発言には少なからず驚いていた。だが、よくよく考えれば、紅林が柳家の掛かり付け医であったなら、それも当然なのかもしれない。

紅林の説明によれば、柳の妻郁子の心臓が悪かったのは事実で、郁子が死亡する一週間ほど前に、紅林は郁子を柳宅で診察していた。だが、死亡時に直接、柳の自宅に出かけ、遺体を診た上で、死亡診断書を書いたわけではないという。

「でもね、無紋さん、医者がご遺体を診ずに死亡診断書を書くことも、たまにはあるんです。厳密に言えば、法律違反ですが、普段からその患者を診ている場合、死因は分かりますからね。ご遺体を実際に診たとしても、やることは心音や肺呼吸が停止していることを確認した上で、ペンライトで瞳孔《どうこう》を調べて、脳幹《のうかん》反射の中の、対光反射が消失していることを確認するだけですからね。あとはせいぜい『私の時計で恐縮ですが、死亡時間は何月何日の何時何分とさせていただきます』という決まり文句を言って、死体検案は終わりになるんです。医師による、こういう一連の行為は、ただの儀式で実質的な意味はありません」

明らかに死因に不審な点があると推測できる場合は、死亡診断書を書くのを拒否することはあり得るが、たいていは「直接死因」の欄に『慢性心不全』と書いて、罹患《りかん》期間を十年とでもしておけば、間違いないという。

どんな病気でも、結局、心臓が止まって死ぬのだから、特に高齢者が死んだ場合、厳密なことを言ったら、死亡原因の特定が簡単ではなく行政解剖に回されることもあり、その場合、遺族の側がとてつもなく面倒な手続きを強いられることになるのだ。紅林のような掛かり付け医の立場であれば、遺族に便宜《べんぎ》を図るように、死亡診断書を書くことが多いらしい。

無紋は紅林の言うことが分からないでもなかった。だが、もしそうだとしたら、郁子が本当に病死したのかさえ、怪しくなってくるのだ。

柳の言った言葉を無紋は一瞬思い出していた。

「とにかく、私は家の中を他人に覗かれるのが我慢できないんだよ」

やはり、奇妙な言い草だった。近所の住民の要望は、ゴミを片付けて欲しいというもので、家の中を見せてくれと言っているわけではないのである。

だとすれば、柳が何故そんなことを言ったのか。家の中に、柳が他人に見せたくないものを隠しているというのが、普通の判断だろう。そのことと、郁子の死亡状況に纏わる紅林の発言を総合的に判断すると、無紋ならずとも、事件の臭いを嗅《か》ぎ取らざるを得ないように思われた。

5

四月十八日（木）、さらに、ひどい事態が発生した。通り魔事件に、もう一人の死者が出たのだ。

午後十一時半頃、住宅街の人通りの少ない空き地で男の死体が、帰宅途中の男性会社員によって発見されていた。最初の殺人では、傷痕は二ヵ所しかなかったのに、今回は凄惨《せいさん》を極め、多くの傷痕が残り、特に大きなものは傷というより、陥没状態だった。

死体検案の結果、殺人のために使われた凶器は、やはり手斧のようなものと推定されていた。その会社員の通報で駆けつけたパトカーの警察官によって、男の死体の下から血だらけになったA4判のコピー用紙が発見されていた。

そこには血文字で「次は、二十代の女だ」と書かれていたのだ。この血文字は、後の科学鑑定で、被害者の血によって書かれたものと判明している。

この事件でマスコミは騒然となり、捜査本部は一気に二百人態勢に増え、マスコミに情報が漏れることを恐れて、捜査本部の捜査員には強い箝口令《かんこうれい》が敷かれていた。血文字の犯行予告は、警察幹部の神経を逆なでしていた。確かに、年齢としては、これまでの被害者の中に、二十代は含まれていない。

捜査本部は、弁天代地区だけでなく、都内全体に厳戒態勢を敷き、地域課や自動車警邏隊のパトカーの巡回回数を二倍に増やしていた。

殺害された男の身元は簡単に割れた。被害者には前科があり、その指紋から氏名が分かったのだ。田之上《たのうえ》伸也《しんや》という四十三歳の実業家だった。

前科と言っても、専務として勤めていたベンチャー企業の金、八千万円を横領した業務上横領の知能犯罪だった。田之上は金を動かす権限が自分にはあったと主張し、最終審まで争っている。

結局、その主張は認められず、有罪となり、懲役三年の実刑判決を受け、服役していた。田之上は未だに独身で、事件現場近くのマンションに交際相手の女性を住まわせており、その女性に会いに行こうとしていたとき襲われたらしい。

田之上は業務上横領罪で逮捕されたとき三十歳だったが、その後、「オルトエージェンシー」という通販会社を立ち上げ、年商二十億円の会社にまで成長させていた。

田之上は、テレビのバラエティー番組にもたまに出演していた。イケメンで、その華麗な女性遍歴を誇り、若い女優と浮名を流したこともあるため、芸能人に近い存在と言えなくもなかった。

被害者の情報を、無紋に教えたのは、中山だった。中山は捜査本部に詰めっきりだったが、一度だけ、気晴らしのように二階の生活安全課に下りてきて、そんな情報を伝えたのである。

無紋は芸能的な事柄については興味がなく、中山の話を聞くまで、田之上の名前さえまったく知らなかった。もっとも、中山に言わせれば、テレビは、レギュラー出演ではなく、経済的な話題が取り上げられる番組のゲストとして、ちょっとだけ顔を出す程度だから、そんなに知名度があるわけではないという。

「でも、無紋さん、俺はますます分からなくなってきたんです。この通り魔事件、妙に落ち着きが悪いっていうか」

「落ち着きが悪い、ねえ」

無紋は思わず、中山の言葉をくり返していた。その表現に感心していた。中山は、昔から、妙に勘のいいところがある男なのだ。ほとんど無意識に使う言葉が、事件の実像を的確に捉えることがたまに起こるのである。

「だって、そうじゃないですか。被害者も、事件現場も、相変わらずバラバラだけど、そのバラバラぶりが、いかにも中途半端な感じでしょ。最初に殺された男の身元はまだ割れてないけど、チンピラ風で、反社との関わりも否定できない。田之上だって、見かけはテレビに出演していて、健全な市民を装っているが、その背後に暴力団の影がちらついているという風評もあるらしいですよ。すべてがバラバラってわけじゃなくて、少しだけ似ているところもあって——だから、落ち着きが悪いんです」

「捜査本部の幹部たちの見立てはどうなの？」

無紋は事務的な口調で訊いた。この事件に関わる気はなかったので、自ずと愛想のないもの言いになってしまう。

捜査本部の幹部と言うとき、刑事部長、捜査一課長、管理官などのラインを指しているのが普通だった。ただし、他の事件の統括責任者の立場にもある刑事部長と捜査一課長は、捜査本部のある弁天代署に常駐しているわけではない。

所轄署の署長も、捜査本部の副本部長になるが、署長としての他の業務を多く抱えているため、いささか形式的な存在にならざるを得ないのだ。

従って、現場責任者である管理官とその周辺を固める本庁の係長クラスが捜査の中心となり、事件に対する見立てをまず捜査一課長に上げ、最終的な判断を、捜査一課長から報告を受けた捜査本部長である刑事部長が下すことになる。

要するに、この場合、「捜査本部の幹部たち」というのは、実質的には本庁の管理官や係長クラスを指しているというのが、正確である。現場捜査の中心にいる彼らの見立てを、捜査一課長や刑事部長が根本的に覆すことなどまず考えられなかった。

「それが、組織捜査なんて、あんなもんなんですかね。午後八時から開かれる捜査会議では、事実関係や科学捜査の結果については、やけに細かな報告が行われます。でも、何しろ二時間という時間制限の中で、何人もの報告者がしゃべるわけですから、そういう具体的な報告だけで終わりになっちゃうんですよ。だから、幹部連中がこの事件をどう考えているのか、正直言って分かりません。ただ、徳松さんによると、どうも幹部連中は、被害者の中では特に田之上に関心を示しているようですね」

無紋にしてみれば、ここで徳松の名前は、あまり聞きたくなかった。その前日も、階段の蔭に隠れて無紋を待ち構えていた徳松を避けるために、トイレに飛び込み、個室に入って、やり過ごしたくらいだった。

徳松もトイレに入ってきたが、小便器で用を足し、わざとらしい咳払いを二回くり返して出て行った。しかし、無紋はトイレの出入り口の外で、徳松が待ち伏せしている可能性を考えて、そのあと二十分近く個室から出なかったのだ。

捜査本部の幹部たちは、田之上が関与しているかもしれない投資詐欺事件に特に関心を持っており、通称ソタイとして知られる警視庁の組織犯罪対策部だけでなく、刑事部捜査第二課ともかなり緊密な連絡を取っているという。

「だから、幹部連中は、田之上の事件は、通り魔事件とは無関係な可能性も視野に入れているのだと思います。実は、あまり表には出ていませんが、田之上が蔭で繋がっているという噂のある暴力団は、例の佐野《さの》組なんです。だとすると、佐野組と対立抗争関係にある暴力団が佐野組との関係が深い田之上をターゲットにしたとも考えられますからね。その場合は、『次は、二十代の女だ』という血文字の予告は、通り魔事件と思わせるための偽装ということになるのでしょうが」

田之上の投資詐欺事件と言うとき、捜査本部も、当然、佐野組との関係を念頭に置いているという。佐野組は、広域暴力団の中でも、特に凶暴なことで知られ、一般市民を巻き込んだ抗争を展開することもあるため、特定危険指定暴力団にも指定されていた。

その組長、佐野健治《けんじ》はサノケンと呼ばれ、その突出した凶暴性から、暴力団組長の中でももっとも恐れられる存在になっていた。

もちろん、テレビにも出て、通常の市民社会の人間であることを装っている田之上が、露骨に佐野組との関係が分かるような行動を取っているわけではない。

田之上は、自分が投資セミナーの主催者になることは絶対にしなかった。ただ、その投資セミナー終了後のパーティーには、ゲストとして必ず出席するのだ。

テレビで多少とも顔が知られている田之上の出席は、セミナー出席者に安心感を与えた。しかも、田之上はイケメンで女性からもてるため、女性客の中には、積極的に田之上に近づき、投資について相談する者も多かったらしい。

「このグループの巧みさは、役割分担が徹底していることなんです。例えば、そのパーティーで出席者から相談を受けた田之上は、投資セミナーを主催したA社のことを、『あんなセミナーに欺《だま》されちゃダメですよ。やつらが勧める商品では絶対に儲けられません』という風に、田之上がパーティーに呼ばれているにも拘わらず、あえて悪く言うので、かえって信用を高める結果になるようです。そうしておいて、代わりにB社を、ここなら有望だと言って、出席者に紹介する。ところが、A社もB社も、同じ佐野組のフロント企業なんです。この手口には多くの人が引っかかって、B社の投資商品を買ってしまい、最終的に巨額な金を巻き上げられることになるらしいですよ」

中山はこの説明のあと、捜査本部内の特定のグループがこの詐欺事件を調査中だと付け加えた。

「しかし、そういう経済事犯を扱う本庁の二課も、そんな投資詐欺の摘発に動いているんじゃないのかね」

「その通りですが、佐野組はそういう会社をいくつも持っていて、頻繁に潰したり、立ち上げたりしているから、それが佐野組のフロント企業だと見抜くのも容易じゃないそうです。だから、二課もその点では、かなり苦戦しているらしいですよ。田之上も、表向きはパーティーに参加するだけだから、いざそうなっても、言いわけが利きますからね。例えば、A社については、その商品を推薦しなかったと言い、B社については、まさかあそこが暴力団がらみの企業だとは知らなかったと説明する。自分も投資して、損をしたと主張することもあるらしいです。しかし、すべて裏で仕切っているのは田之上自身で、セミナーやパーティーの費用を負担しても十分におつりが来る。利益は彼と佐野組で山分けしていて、彼らは、ウィン・ウィンの関係というわけです」

「しかし、投資詐欺と今度の通り魔事件は本当に関係があるのかねえ」

無紋は相変わらず気のない声で言った。

「それで、徳松さんから誘われているんですよ」

中山が不意に話題を変えるように言った。

「誘われている？　何に？」

「無紋さんの知っている花房竜太郎《はなふさりゅうたろう》というヤクザの親分に会いに行こうって言われてるんです」

「ああ、流星会《りゅうせいかい》の花房ね」

流星会は弁天代署管内にある地元暴力団で、それほど大きな組織ではない。ただ、組長の花房はマスコミにはかなり知られた人物だった。

花房は一九九一年五月に成立した「暴力団対策法」に対して、「ヤクザは呼吸もするなということか」と反発して、「暴力団対策法は憲法違反だ」と主張しており、暴力団関係者や一部のマスコミの間ではインテリヤクザとして知られていた。神戸《こうべ》大学出身という噂もあるが、本人が触れたがらないため、真偽は不明である。

無紋はおよそ十年前に花房と知り合っていた。赤尻地区で小さな小料理屋を経営していた七十代の女将《おかみ》が固定資産税の滞納のため、店を差し押さえられたとき、流星会の組員が差し押さえに来た税務署職員に付きまとい、迷惑防止条例で生活安全課に検挙されたのがきっかけだった。

花房自身が現場にいたわけでもなく、組員たちが顕著な暴力を振るったわけでもなかった。口頭による抗議と嫌がらせで税務署職員の進路を妨げたという程度の容疑だったので、逮捕された組員を長く勾留できるような事件ではなかった。

しかし、意外だったのは、花房自身がその逮捕に抗議するために、弁天代署に乗り込んできたことである。このとき、対応したのが無紋だった。

無紋は、花房があまりにもヤクザらしくないのに驚いていた。当時、四十代の前半くらいだったはずだが、リュックを背負い、ジーンズとパーカーという服装で、黒縁の眼鏡を掛けていた。ヤクザがよくしているような宝飾品の類いは一切身に着けておらず、小学校か中学校の教員という雰囲気の男だった。

言葉遣いも丁寧で、あくまでも理詰めに無紋に迫ってきたのを覚えている。

組員たちは暴力を振るっていないし、差し押さえ作業も妨害しておらず、口頭による抗議をしただけであって、それは政治的なデモ行為とまったく同じで、その権利が認められるのは当然と、花房は主張していた。

しかし、無紋にとってもっとも印象的だったのは、花房がその高齢の女将にきわめて同情的で、税務署の無慈悲なやり方に憤《いきどお》っていたことである。

女将が固定資産税を払えなくなったのは、不景気によって店の業績が落ち込んだせいであり、それ以前はきちんと払っていた。しかも、業績が回復した暁には、払う意思は十分にあるという。

それなのに、差し押さえた店舗で、女将に営業を続けさせないのは、行政の判断として人権意識に欠けるというのが、花房の意見の骨子だった。

花房と女将の間に特別な関係はなく、花房は女将の小料理屋でたまに客として飲んでいただけだったので、花房が義憤に駆られて、そんな主張をしていたのは、無紋にも明らかに思われた。

逮捕された組員を無紋はあっさりと容疑不十分で釈放したため、花房は無紋に感謝しているようだった。ただ、無紋にしてみれば、花房に便宜を図ったつもりもなく、所詮《しょせん》その程度の事件だったのである。

その後、無紋はたびたび赤尻地区の路上で花房に会い、世間話をするくらいの関係にはなっていた。だが、感染症が流行っていたここ四年くらい花房の顔を見ていない。

「その花房に会ってどうしようと言うの？」

「徳松さんに言わせると、業界のことは業界に聞け、だそうです。田之上の殺害が投資詐欺事件と関連があるのか、ヤクザ業界にも何か噂が流れているはずだと言うんです。佐野組に直接訊きに行っても、相手はしゃべるはずがありませんが、佐野組とは関係のない、いやむしろ、敵対している組の組長に訊けば、何か情報をリークするんじゃないかというのが、徳松さんの考えなんです。徳松さんも、今度の田之上の事件は、佐野組と対立する暴力団が通り魔事件を装って、田之上を殺害した可能性も視野に入れているんじゃありませんか」

「捜査本部で、君と徳松さんがコンビを組んでいるの？」

無紋がこう訊いたのは、捜査本部ができた場合、本庁の刑事と所轄署の刑事がコンビを組むのが普通であって、課は違うといっても、所轄署の刑事同士に、コンビを組ませることはまずないことを知っていたからである。

組織捜査というのは、そういう意味で絶妙なバランスの上に成り立っていて、そう親しくない者が連携することによって、捜査の公正性が担保されるという考え方があるのだろう。

「いえ、違いますよ。もちろん、徳松さんも俺も、普段、コンビを組んでいるのは、本庁の刑事です。でも、徳松さんは『あいつは、何も分かっていねえ』と、蔭で文句ばかりですよ。そのくせ、本庁の幹部の前では、調子のいいことばかり言ってますけど」

「じゃあ、君と二人で行こうと言うのは、別口だということだね」

「ええ、ですから、無紋さんも誘ってくれないかというのが、徳松さんの意向なんです」

やはり、そういうことか。トイレに隠れてまで、徳松を避けた無紋を、今度は中山を使って、事件の現場に引っ張り出そうとしているのだろう。あの手この手を考えるものだ。いかにも徳松らしい。無紋は思わず、苦笑した。

「俺は行かないよ。徳松さんに、そう伝えてくれ。君がそっちの捜査に取られちゃって、セイアン課もそれどころじゃないんだ」

「それはそうですよね。でも、俺と徳松さんで行って、花房は会ってくれるでしょうかね。俺たち、ソタイでもないし」

中山も今回の捜査本部事件には関わりたくないという無紋の意向は承知しているようだった。徳松にしつこく頼まれたために、中山もやむを得ず、徳松の希望を伝えに来たという印象だった。

「大丈夫だよ。花房は筋を通せば、会話に応じると思うよ。渋ったら、俺の名前を出してくれて構わない」

「分かりました。では、徳松さんと二人で行ってきます。でも、それにしても、田之上の殺害は、本当に投資詐欺事件と関係があるんですかね。田之上がたまたま通り魔のターゲットになったということはあり得ませんかね」

中山は、まだ無紋に捜査本部事件のことを話したそうだった。だが、無紋はそれ以上、捜査本部事件については、関わりたくなかった。

「まあ、君と徳松さんのほうで、よろしくやってくれよ」

無紋の言葉に、中山は何も言わなかった。だが、その目は、「随分、冷たいんですね」と言っている。中山が無紋の前で、そんな表情を見せるのも珍しかった。

6

中山は徳松と共に、三階建ての流星会のビルの前に立っていた。二人は三台の防犯カメラが設置された玄関の前に立つと、中山がインターホンのボタンを押した。

「はい、誰？」

若い男の声が聞こえた。

「警察だ。花房はいるか？」

中山は徳松の言葉にあっけに取られた。確かに、相手の言葉遣いもぞんざいだったが、徳松の言葉遣いはもっとひどかった。別に手入れに来たわけではないのだから、これでは無用の刺激を相手に与えてしまう。

頑丈そうな観音開きの鉄扉《てっぴ》が開き、若い短髪の男が外を覗くように顔を出した。

「親分に何の用なんだ？　約束しているのか」

「そんなものはしてねえよ。花房は、留守なのか？」

徳松がますます居丈高《いたけだか》に言った。扉が大きく開き、その短髪の男と、かなり肥満した男が外に出てきた。二人とも派手な柄シャツを着ていて、いかにもヤクザ風だった。年齢的には、短髪は三十代、肥満は二十代に見える。

「あんたら、本当に警察なのか？」

短髪のほうが眉間に皺を寄せ、不快そうに訊いた。徳松の横柄《おうへい》な態度に、頭にきているのを通り越して、不審にさえ感じているのだろう。確かに、警察か疑われても仕方がない。長身痩軀《そうく》でイケメンの中山は刑事というにはあまりにも容姿が際立ちすぎている一方、徳松のほうは、いがぐり頭でギョロ目だったから、ヤクザにさえ見えるのだ。

「本当だよ。弁天代署の者だよ」

中山がジャケットの内ポケットから警察手帳を取り出して言った。

「サツにしちゃあ見ねえ顔だな」

肥満が中山に異常なほど接近し、頭からつま先までなめ回すようにして言った。

「ソタイの刑事じゃないからね。俺は生活安全課なんだ」

中山は、相手の挑発的な態度を無視するように冷静に言った。警察手帳をポケットに戻し、肥満の目をまっすぐに見つめた。

「セイアンのデカか？　だから、何の用なんだ？」

肥満がイキがるように体を反《そ》らせ、中山のジャケットの襟に手をわずかに触れさせてきた。徳松は最初の乱暴な言葉遣いの責任を取る気はまったくないようで、ここは中山に任せたという態度で、そしらぬふりをしている。事態を悪化させておいて、知らんぷりするのも、徳松の得意技の一つだった。

「そうじゃないだろ。花房がいるかどうか答えるのが先だろ」

中山がさすがに怒気を含んだ声で言った。

「何だと、サツのくせにでけえ顔するんじゃない。ここはサツの来るところじゃねえんだよ」

肥満が中山の襟首を強く摑み、その巨体のほうに引きつけようとした。中山が、あっという間に、右手で男の手首をひねり上げた。

中山の得意技だった。中山の手は凶器同然だから、本人も自覚していて、絶対に相手を殴ることはしない。中山に言わせると、相手の手首を取ってひねり返すのは、本来空手というよりは合気道の技だった。中山は、合気道にも通じているのだ。

「痛《いて》えっ！」

肥満は猛烈な悲鳴を上げ、巨体を左右にゆすりながら、悶絶《もんぜつ》の表情を浮かべた。中山が手を放すと、肥満は中山の技量に恐れをなしたように、一歩後ずさりした。

そのひねりが痛点を正確に捉え、強烈な痛みをその場では与えるにも拘わらず、普通の捻挫のように翌日に悪化することもなく、一過性で終わらせるのが、この技の凄さだった。

短髪のほうも、中山の凄まじい技を見せられて、やはり相当に恐れているのは間違いなかった。

「俺は花房と親しい弁天代署の無紋刑事の大親友なんだ。花房に伝えろよ」

徳松が右手を短髪の左肩にのせて、凄んだ。中山のスゴ技に縮み上がっている相手を恫喝する、これまた徳松の得意技だった。肥満は、未だに手をぶらぶら振りながら、口の中で「チキショウ、痛えじゃねえか」とつぶやき続けている。

「分かりました、ムモンさんでしたっけ？」

短髪がへつらうように言った。

「違うよ。俺の名前は、トクマツだ。無紋さんは、俺の大親友の名前だ。いいか、組長には正確に伝えろよ」

徳松の大声が、辺りに響き渡った。

7

「あなたが無紋さんの大親友ですか？」

応接室のソファで、徳松と中山を迎えた花房が笑いながら言った。応接室といっても、特に豪華な部屋というわけではない。普通の住宅の普通の部屋という印象で、調度品で目立つのは壁の中央に掛けられた海辺の風景の西洋画くらいで、それ以外に格別なものはなかった。

花房はジーンズに紺のカーディガンという地味な服装で、ヤクザにはまったく見えない。頭髪には相当な白髪《しらが》が交じり、そのときは眼鏡を掛けていなかった。

「いや、突然、やって来て申し訳ない。ちょっと教えてもらいたいことがありましてね。花房さんが無紋さんと親しいということを聞いていたもんでね」

徳松は花房に対しては明らかに態度を変え、若干、卑屈にさえ聞こえる口調だった。ただ、相手によって臨機応変に対応できるのが、徳松の強みでもあるのだ。

「若いのが失礼なことをしたようで、申し訳ありません。あいつら、犬と同じで初対面の人間には、必ず吠《ほ》える悪い癖が付いているんですよ。ソタイのデカには慣れているんだけど、刑事課やセイアン課の刑事さんの顔は知らないからね」

ノックの音がして、先ほど中山に手をひねり上げられた肥満の男が、トレイに湯のみを三つのせて入ってきた。徳松と中山に一礼し、二人の前に緑茶の入った湯のみを置いた。

「手首、大丈夫か?」

徳松が気さくな調子で訊いた。

「先ほどは失礼しました」

肥満はまるで別人のように、組長の前では萎縮していて、元気がなかった。

「まだ部屋住みのくせに、すぐにイキがるからダメなんですよ。それにしても、そちらの刑事さんは、とんでもない技の持ち主らしいですね。こいつ、手首を摑まれただけで、あとは何が何だかって、言ってますよ」

花房は、中山の顔を見ながら言った。しかし、答えたのは徳松だった。中山が、空手の類いに関する、自慢話めいたことは、一切言わないことが分かっているのだろう。

「いや、こいつは空手の全国大会で準優勝したことのある達人なんだよ。この右手の一撃を受けたら、ヒグマも倒れるって言われてるんだ」

徳松は肥満の顔をのぞき込みながら、からかうような口調で言った。また、話を盛っている。ヒグマが倒れるわけがないだろ。中山は心の中でつぶやいていた。

「もっとも、さっき使ったのは合気道のワザらしいけどな。この男、合気道も師範クラスの実力なんだよ」

このまま放っておくと、徳松がどこまで放言を続けるか、中山には見当が付かなかった。中山は、露骨に顔をしかめてみせた。

「そうか、ヒグマも殺すんですか」

そう言うと花房はニヤリと笑った。確かにヤクザにしては、知的雰囲気を醸し出しているが、中山には同時に、かなりの皮肉屋にも見えていた。率直に言って、中山の得意とするタイプではなかった。

「だったら、お前が勝てるわけがないだろ。これからは、もっと相手を見ることを覚えるんだな」

花房は改めて肥満を叱責《しっせき》するように言った。花房の言葉に、肥満はますます大きな体を丸め、「すみませんでした」と蚊の鳴くような声を出した。

中山にとって、謝罪など必要なかった。できるだけ早くそんな話題から逃れたい心境だった。自分の空手や合気道の技量が話題になるとき、これが中山が示す、いつもの反応なのだ。

「サノケンのことで、ちょっと聞きたいんだがな」

肥満が出ていくと、徳松が早速本題に入った。

「ほおっ、ソタイでもない刑事さんがサノケンに興味があるんですか？」

「ああ、サノケンって、一言で言えばどんなやつなんだ？　ひでえ噂が流れているが、本当はどうなんだ？」

「噂通りですよ。けっして普通の話が通じるような相手じゃありませんよ。何しろ、やつの渾名《あだな》はクレイジー・ドラゴンですからね」

「そんなにスゴいのかね？」

「いや、スゴいんじゃなくて、ヒドいんです。世間様から鼻つまみ者の我々が言うのもおかしな話ですが、ヤクザの中の鼻つまみ者ですよ。同業だろうが素人だろうが、お構いなしに手を出しますからね。暴対法や暴力団排除条例みたいなむちゃくちゃな法律ができて、我々が出前を取るのも難しくなったのは、佐野組のせいだと言う、大物組長もいるくらいです」

「出前を取ることも難しくなった」というのは、暴対法というよりは、一部の自治体が制定している暴力団排除条例において、「密接交際者」という概念が導入され、暴力団との関係が深いと認定された「密接交際者」は、一定の不利益を受けることを皮肉っているのだろう。

実際には、出前を届けたくらいでは、「密接交際者」とされることなどあり得ないのだが、暴力団担当の刑事が特定の暴力団事務所を孤立させるために、飲食店にそんな脅しを掛けることも、ないことではないらしい。

そういう警察のやり方を、花房はまさに基本的人権を定めた憲法に違反するものだと批判しているのだ。だが、中山も徳松も、そんな難しい話をする気はまったくなかった。

「田之上って実業家を知ってますよね」

中山が話題を変えるように訊いた。

「もちろんですよ」

花房が大きくうなずきながら、話し出した。

「田之上が、投資詐欺の件で、佐野組とツルんでいることなんか、我々の業界では、秘密でも何でもありませんよ。同時に、投資詐欺に引っかかって、田之上を訴えようとしていた素人さんたちを佐野組が消してしまったのも、佐野組ならやるだろうなって、感じなんですよ」

死亡している投資詐欺の被害者を、花房が佐野組による殺人と確信していることには、中山も驚かされた。昨年、田之上の投資詐欺に引っかかった二名の被害者、内海《うつみ》浩一《こういち》と溝口絹子《みぞぐちきぬこ》が、不審死を遂げるという事件があったのだ。

内海は四十八歳の自営業者で、ひき逃げに遭い、溝口は五十二歳の日本舞踊の師匠で、何者かに自宅のマンションの屋上に呼び出され、そこから転落死を遂げていた。

二人とも、それぞれ別々に、田之上を訴える民事訴訟の準備を進めていたという。

花房が内海と溝口のことを言っているのは明らかだった。だが、警視庁は、その二つの不審死を殺人であると断定しているわけではないのだ。

「しかし、本当にサノケンが、訴えようとしていた投資詐欺事件の被害者たちを田之上のために殺害したんでしょうか？　彼にとって、投資詐欺事件で田之上を守ることが、そんなに重要なことだったのかな。そんなに律儀なやつとも思えないんだけど、その点はどうなんです？」

中山の言葉に、花房は小さくうなずき、一瞬、考え込むような表情をした。それから、ゆっくりとした口調で話し始めた。

「サノケンは、そんなに単細胞な男じゃないね。俺も何度か会ったことがあるけど、凶暴に見えて、意外に用心深く、ずる賢いですよ。だから、状況判断はできる男で、何でもかんでも凶暴に振る舞うわけじゃない。クレイジー・ドラゴンなんて呼ばれてるから、豪胆に振る舞っているけれど、意外に気が小さいって話もあるからね。ソタイの徹底的な追及に怯えていて、自分が逃げ延びるためには、何でもするヤツですよ。投資詐欺事件で田之上を守らないと、自分の身も危なくなると考えた可能性はありますよ。もちろん、田之上を守ることが自分の利益になるからそうするのであって、そうでなければまったく冷たく見放すんじゃないの」

「田之上とサノケンの結びつきは、本当に間違いないんですか？」

中山が念を押すように訊いた。徳松が、複雑な表情をしている。中山が、何を念頭において、そんな質問をしているのか、予測できないのだろう。中山は田之上が投資詐欺事件とは無関係に通り魔の被害に遭った可能性を、完全には捨てていなかった。

「二人が直接関わりがあったかは分からないけど、田之上が佐野組のフロント企業のトップとよく会っていたのは、業界内でも、目撃情報が流れていたから、間違いないよ。田之上とサノケンの関係は、間接的であったとしても、二人の間には、確かな金の流れはあったはずです」

中山は、花房の話が、理路整然としていることに感心していた。その話を聞いていると、中山でさえ、内海と溝口は、やはり佐野組に消されたとしか思えなくなってくるのだ。しかし、客観的な証拠は今のところ何一つない。中山はこの話を鵜呑みにするのは危険だとも感じていた。

しかし、事件の当事者ではない花房から、それ以上の情報を聞きだせるとも考えにくかった。中山は徳松の顔を見た。他に質問はないかという意味だった。

「佐野組はこれまで一般市民に対してさえ、平気で暴力事件を起こしているけど、そういう殺傷事件に組内の者を使うのか、それとも誰かを金で雇うのかね？」

徳松の質問に、花房は微妙に首を捻《ひね》った。

「まあ、両方のケースがあるでしょうね。ただ、一つだけ言えるのは、襲う相手が同業のヤクザであれ、一般市民であれ、サノケンは自分が直接顔を合わせたことがあるやつは、絶対に使わないってことですよ。彼の命令は何人もの組員の口を通して、最終的には、極めて末端の実行犯に伝えられるんです。これはソタイの刑事から聞いたんだけど、たいてい実行犯はサノケンのことを噂で知ってるだけで、話をしたことがないのはもちろんこと、顔も見たことがないらしいですよ。伝説じみた話になるけど、サノケンなんて実在しないんじゃないかという奇妙な説が流れたこともあるくらいだからね」

「実際に、いねえんじゃねえの」

徳松が、茶々を入れるように言った。相手が誰であろうと、こういう冗談を言うのも、徳松の特徴だった。花房は苦笑しただけだった。

「じゃあ、今度の事件でも、田之上が佐野組と敵対する連中に消された可能性はあると思いますか？」

中山が、会話を正常な軌道に戻すように訊いた。これはおそらく、徳松が考えていることだろうから、中山が代わりに質問したつもりだった。

「あり得ますよ。田之上と佐野組の繋がりなら、我々の業界では誰でも知っていますからね。ただ、それが分かった上で、田之上を殺《や》る度胸のすわった組があるかどうかでしょ。何しろ、相手はクレイジー・ドラゴンだからね」

「現在、クレイジー・ドラゴンとトラブっている組は？」

徳松の質問に花房は、呆れたような表情を浮かべた。

「それはそちらが、ソタイに訊くべきことじゃないですか。市民社会では、呼吸もできない人間以下の我々の情報なんかを、警察が頼りにすべきではないでしょ」

花房は笑みを浮かべながら言った。しかし、中山は、その強烈な皮肉に満ちた言葉に驚いていた。その言葉の切っ先が、中山や徳松だけでなく、警察組織全体に向けられているのは明らかだった。

「それもそうだな」

徳松は笑いながら、立ち上がった。花房の皮肉などまったく取り合わないという態度だった。

それに花房にこれ以上質問しても、何か決定的な情報を得られるわけではないと、徳松も判断したのだろう。中山も、徳松に合わせて立ち上がる。

「花房さん、アポなしで時間を取ってくれて助かりましたよ」

徳松がしっかりと礼を言った。今後も、業界内の事情を訊ける、重宝《ちょうほう》な情報提供者として確保しておきたいという思惑もあるに違いない。

「そうですか。もうお帰りなんですか。ここで一杯飲んでもらってもいいんだが、そんなことをすると、お二人とも密接交際者になってしまいますからね。ソタイの刑事なら、暴力団の懐に入り込んで情報収集することも重要なんだと言いわけできますが、刑事課やセイアンの刑事さんでは、そうもいかないかな」

花房が笑いながら言った。この発言もかなり辛辣に響いた。花房はやはり、警察に対しては、一応は、協力の姿勢を示すものの、しっかりと嫌みを言うことも忘れない男なのだろう。

「ところで、無紋さんはお元気ですか？」

花房も立ち上がりながら訊いた。

「ああ、元気だよ。ただ、近頃、少し焼きが回ったのか、俺とはまったく付き合ってくれねえんだ。本当は今日も、ここへ連れてくるつもりだったんだが、忙しいんだとよ」

徳松の返事に、花房は笑みを浮かべた。

「そうですか。それは残念。あの人が来れば、もっと楽しくお話ができたでしょうに」

「俺じゃあ、力不足だよな」

徳松の言葉に、花房は笑いながら首を横に振った。

「そんなことはありませんよ。あなたも十分に個性的なお人だ」

徳松がさらに何か言おうとした瞬間、花房が大声で人を呼んだ。

「おい、誰かいないか。警察の方がお帰りになるぞ。玄関までお送りして」

再び、応接室の扉が開き、短髪のほうが顔を出した。「警察の方」という表現が、中山には妙に冷たく感じられていた。

「確かに、弁は立ちますが、花房が敵対する組に好意的なわけはないから、その点は割り引く必要があるんじゃないですか」

8

中山が冷めた口調で言った。中山と徳松は「大通り」と呼ばれる繁華街を弁天代署に向かって歩いていた。すでに午後五時近くになっており、通りにはかなりの人々が出ていた。

「やはり、花房も自分の組の利益を考えて、話しているということか。それにしても、俺はああいうタイプはあまり得意じゃねえな。無紋さんが、どうしてやつを評価しているのか、イマイチ分からないぜ」

徳松が大きくうなずきながら言った。徳松の性格から見ても、花房のような斜に構えた男は好きではないのだろう。

「ええ、いくらインテリとして知られていると言っても、ヤクザはヤクザですよ。やっぱり、あれはヤクザの理屈です。何度か、警察に対する皮肉めいたことを言っていましたからね」

「ただ、やつの見解は捜査本部の中枢部と一致してはいるんだ。管理官たちは、公表はしていないけど、内海と溝口を殺害したのは、ほぼ佐野組で間違いないと見ているからな」

「ええ、そうですが、花房の言ったことは噂話に基づく推測ですからね。それに、投資詐欺の被害者二人を消したのは佐野組だとしても、そのことと、通り魔事件と直接的な関係があるという根拠なんか、今のところ、ないでしょ。田之上の殺害の場合、あの予告メモは偽装であって、佐野組と対立する他の組が、通り魔のしわざに見せかけて、佐野組と密接な関係にある田之上を殺した可能性はありますが、そうだとすると、他の通り魔事件とはまるで関係がないことになってしまいますよ」

「中山、俺もお前の言う通り、管理官たちが、何故田之上の投資詐欺事件にそんなにこだわるのか、正直なところ、よく分からねえんだ。連中は、ソタイともよく連絡を取っているらしい。やつらも秘密主義で、所轄の捜査員なんかには重要情報を伏せていることもあり得るからな」

「でしたら、徳松さん、我々は通り魔事件を、真正面から捜査し続けるしかないんじゃないですか。投資詐欺事件のようなヨリミチは、幹部連中に任せておけばいいんですよ」

「中山、おめえもたまにはいいこと言うじゃねえか。ところで、無紋さんはどうなんだ。少しは協力してくれる気はあるのか？」

「まったくないようですよ。諦めてください」

中山は無慈悲に言い放った。未だに、無紋に頼ろうとする、徳松のせこさが、若干、癇《かん》に障《さわ》ったのだ。徳松は渋い表情で、顔を横に向けた。中山は、そんな徳松の反応を無視して、話し出した。

「それと、徳松さん、例の事件現場に落ちていたソーセージの包装フィルムみたいなものですけど、あれって本当に事件に関係ないんですかね」

実は、五件の殺傷事件のうちの二件――最初の殺人と田之上が殺された現場に、食品包装フィルムの切れはしと思われる物が落ちていたのである。

歯で噛みちぎったようなもので、二センチ四方あるかないかで、鑑識の話では、ソーセージのような食品を包んでいるフィルムらしい。拡大鏡で見ても、文字の類いは発見されていないため、現段階では具体的な製品名は特定できていない。

捜査会議でも、それが犯人の残した遺留品と断定されたわけではなかった。五件中、二件というのも微妙な数字だった。事件とは無関係な通行人が偶然落としていった可能性も完全には排除できないだろう。

従って、捜査本部の捜査員の中で、そのフィルムを物証として重視している者がそれほど多くいるわけではない。徳松も否定派のようだった。

「関係ねえんじゃないの。コンビニなんかで売っているソーセージって、小腹《こばら》が空《す》いたときに、ラクに食うこともできるから、便利と言えば便利だよな。それにあの皮みたいなフィルムは実に剝がしにくいんで、思わず苛ついて、嚙みちぎっちゃうことがあるだろ。だから、ソーセージの歩き食いをしていた通行人がたまたま、落としていくことはあり得るだろ」

「でも、こういうのはどうでしょう。ターゲットが現れるのを犯人が待っていたとき、小腹が減るんで、ときおり、ソーセージを食べていた。そして、自分の衣類にフィルムの切れはしが付いていたのに気づかず、犯行におよんだ。それが事件現場に、落ちてしまったとは考えられませんか？」

「だが、人を襲おうとする、テンパってる犯人が、そもそもそんな物を食う気になるのか？　相当にイカれたやつだぜ」

「そこですよ、徳松さん」

中山は思わず大声を上げた。すれ違った若いカップルの女性のほうが、中山たちを振り返った。

「例えば、佐野組と敵対する組の組員が、ソーセージを食いながら、ターゲットの田之上が現れるのを待っていたという構図は、いくら何でも滑稽でしょ」

中山の言葉に、徳松が笑い出した。

「ソーセージを頰張りながら、犯行に及ぶヤクザの殺し屋か。確かに、サマにならないぜ」

「でもね、徳松さん、逆に、犯人がヤクザじゃなくて、とんでもなく変質的な異常者だと考えると、そんな光景も何となくしっくり来ると思いませんか？　そのほうが、滑稽だけど、狂気じみた犯人の姿が見えてくるような気がするんですよ。つまり、犯人はむしろ病的な堅気の人間と考えるほうが自然じゃないですか」

「おまえも面白いことを考えるな。田之上がサイコパスの通り魔に殺されたとすると、笑えるぜ」

徳松が冗談とも本気とも取れる口調で言い、不意に立ち止まった。中山もそれに合わせて、足を止める。

「そのソーセージのフィルムの切れはしが、どこの食品会社のものか分からないのかな？　それが分かればかなり有力な物的証拠になるだろ」

徳松が真剣な表情に戻って言った。

「科捜研に頑張ってもらうしかないでしょ。最終的には分からないという結論もあるとは思いますが」

前回の捜査会議では、遺留品の担当者は、それらの切れはしを科捜研に持ち込み、フィルムの材質を調べて、会社名及び商品名を、鑑定中だと報告していた。今のところ、その結果待ちなのだ。

「しかし、ソーセージと言っても、高級品から安物まであるだろ。それに会社だって、有名な日本ハムやニチレイだけじゃねえぜ。種類だっていろいろあるだろ。俺はフランクフルトとチョリソーぐらいしか知らねえけど。とにかく、そのフィルムに文字がまったくねえというのも、困ったものだな。足がかりがねえと、塀には登れねえよ」

「そうなんですよ。それがやっぱり最大のネックですよね。だから、犯人が犯行前に、そのフィルムに包まれた物を食ったとしても、それがソーセージだと決めつけるのも危険ですよね。案外、スイーツかもしれないでしょ。そういう薄いフィルムがくっついている和菓子もあるんじゃないですか」

「甘い和菓子を食いながら、殺人に及ぶ殺し屋か。こいつはもっといいや」

徳松が言いながら、大声で笑った。中山が徳松を無視するように、再び歩き出した。徳松も、そのあとに尾《つ》いていく。

西の空が暮れなずみ、「大通り」を埋め尽くす人々の喧噪《けんそう》が一層高まり始めた。

第三章　暴走

1

生活安全課内における無紋の仕事は、ますます煩瑣《はんさ》を極めていた。しかも、悪いことが重なるもので、あまりにもタイミング悪く、なたねがコロナに感染していた。症状はたいしたことはなくとも、コロナである以上、一週間程度は休まざるを得ないだろう。そんなわけでゴミ屋敷も、一時的に無紋が一人で担当する状況になっていた。

その日、無紋は紅林と巡査の福留、それに区役所職員の柳瞳とゴミ屋敷の前で、立ち話をしていた。すでに五月の半ばになっていて、かなり暑くなっているのに、四人ともマスクを掛けて話している状況は、さながらコロナ感染の全盛期を思い起こさせた。

またもや、無紋にとってほとんど意味のない現場訪問になっていた。やはり、柳が話し合いを拒否し、外に出てこないのだ。インターホン越しに話した紅林が、そっと無紋に耳打ちしたところによれば、柳は巡査の福留を嫌っていて、福留がいるうちは、絶対に話し合いに応じないと言っているらしい。

しかし、いくら何でも、無紋でさえ福留に帰れと言うわけにはいかなかった。確かに警察組織という大きな枠で見れば、福留は無紋の部下だったが、福留の所属は地域課なので、無紋の直属の部下ではない。

いや、仮に直属であっても、無紋は高圧的な指示を部下に出すタイプではなかった。無紋は、姉の死以来、人を傷つけることを極度に恐れる性格になっていたのだ。福留の苛立ちは、瞳にも向けられるようになっていた。やはり、瞳が柳の娘であることを知ったことも、無関係ではないのだろう。

「あなたみたいなことを言っていたら、いつまで経っても事態は動きませんよ。本人が納得する形で、本人自身にゴミを片付けさせるのが、ベストな解決策だなんて、現実味のないきれい事を言うのはやめてください。都内の区には、ゴミ屋敷条例があるところとないところがあるけど、うちの区には幸いそれがあるんだから、利用しない手はないでしょ。行政が甘いことばかり言っているから、あなたのお父さんはつけあがるんです」

瞳は苦しそうな表情でうつむくばかりで、特に反論もせず、福留が一方的に責め立てている印象だった。瞳はけっして気の強い性格ではないのだろう。見かねたように紅林が口を挟んだ。

「そうは言っても、あの人も一年前まではまったく話が分からない人ではなかったのだから、時間を掛けて説得する余地はまだあるでしょ。すぐに行政代執行というのはどうも――」

瞳のつらい立場を配慮して、庇っているのか。ただ、無紋にしてみれば、郁子の死に関して、紅林が抱いている疑惑を知っていたので、その発言を何と聞くべきか、判断に迷った。

下手に行政代執行をして、郁子の死体でも出てきたら、大騒動になると心配しているのかもしれない。だが、福留の思わぬほど辛辣な言葉が、紅林を直撃した。

「一番迷惑を被っているのは、先生のような近隣住民じゃないんですか。町内会長の先生が、そう言う以上、行政代執行を望んでいないというのが、住民全体の意見と解釈すべきだから、警察は手を引いていいんですね」

その言葉は、無紋にもかなり高圧的に響いた。紅林は首をすくめて、黙りこんだ。やはり、争い事を好まない性格のようだ。

「とにかく、こんな状態じゃあ、いつ交通事故が起こってもおかしくありませんよ。

そしたら、道交法違反であなたのお父さんは逮捕されますよ。それでいいんですか。だから、なるべく早く行政代執行の手続きを進めてください。警察の意向は行政代執行だということで、あなたの上司に伝えてください」

無紋が小首をかしげた。福留の発言に、疑問を感じたような表情だった。

「ちょっと待って。福留君、警察の意向って言ったね。ということは、地域課全体としての判断ということ？　例えば、地域課長がそういう指示を出してるとか」

「いえ、地域課長がこの件について何と言っているのかは知りません」

「じゃあ、それは誰の判断？」

「それは私自身の判断というか――」

無紋に問い詰められて、福留の口調がしどろもどろになった。

「それはダメでしょ」

無紋はずばり言った。それから、ゆっくりとした口調で言葉を繋いだ。

「弁天代署全体の判断として、そういう意見を伝えるとすれば、行政代執行という大きな問題であることを考えると、課長どころか、署長の判断が必要かもしれないよ。それを警察官個人の判断で、そんな意向を伝えるべきじゃないでしょ。それに、これは基本的に行政の問題なんだから、もう少し区側に任せたらどうだろう。本来、警察が決めることじゃなくて、最終的には行政機関としての区役所の意思決定の問題でしよ」

無紋の言葉に紅林が我が意を得たりという雰囲気で、嬉しそうにうなずいている。福留は不満げな表情だが、さすがにその場で無紋に反論する勇気はないようで、そのまま黙り込んでしまった。瞳は若干、明るい顔になって、無紋に礼を述べた。

「ありがとうございます。そう言っていただけると助かります。行政代執行となると、予算はどうするのかとか、いろいろな問題を検討しなくてはなりませんので、申し訳ないんですが、今、すぐにはお返事できないんです。でも、夏が近付き、気温も上昇してきますので、衛生上も一刻の猶予《ゆうよ》もならないことは私も分かっています。帰りましたら、住民課で検討し、なるべく早い決断をしようと思っています」

無紋と紅林は、瞳の言うことをうなずきながら聞いていた。だが、福留はふてくされたような表情で、あらぬ方向を見ていた。

結局、解散となったあと、無紋はしばらくの間、自転車を引く福留と一緒に住宅街を歩いた。

福留はさすがに瞳や紅林のいる前では無紋に反論しなかったが、二人がいなくなった途端、我慢の限界に達して、気色《けしき》ばんだ口調で話し始めた。

「無紋さん、私は納得していませんからね。これは基本的には地域課が担当している事案ですから、地域課に決定権があるんじゃないですか？　生活安全課の無紋さんが口を出すのは、おかしいでしょ」

「いや、決定権はどちらの課にもないよ。決定権があるのは、区の住民課だよ」

「そうかもしれないけど、無紋さんはたまにいらっしゃるだけだから、あの地域の住民がどんなに迷惑しているのか、分かっていないんですよ。その苦情を散々聞かされている私たち交番の警官の立場にもなってください」

もちろん、無紋も福留の言うことが分からないではなかった。福留も思った以上に真面目な性格で、二進《にっち》も三進《さっち》もいかないゴミ屋敷の状況に、いい加減、嫌気が差しているのだろう。だから、無紋も二人だけになったときは、福留に言いたいことを言わせるつもりだった。

しかし結局、二人はこのあと、ろくに会話を交わすこともなく、白けた雰囲気のまま、交番の前で別れた。それでも、福留は別れ際に、無紋に対して敬礼することを忘れなかった。

その夜、電話で無紋から福留とのやり取りを聞いた中山が、いきり立って言った。

「無紋さんにそんな口を利くのは無礼ですよ。だいいち、ゴミが公道にも散乱しているのだから、それはゴミの不法投棄で、明らかに生活安全課の領分ですよ。俺が明日、地域課にねじ込んでやりましょうか？」

だが、無紋は苦笑しながら、「若くて元気のいいのは、警察官としてはいいことだよ」と言って、取り合わなかった。

2

無紋は弁天代署近くの喫茶店「アロンゾ」で、柳瞳と話していた。瞳から無紋に連絡を取ってきたのである。双方にとって、仕事の話だから、本来は生活安全課内で話すべきなのだろうが、瞳がゴミ屋敷の住人の娘であるという特殊な事情を配慮して、無紋は喫茶店で話すほうを選んだのだ。

「父は、私に対する憎しみから、自宅をゴミ屋敷化しているんです。ですから、私が父と和解できれば、父は自宅をあんな状態にすることをやめると思います」

「きっと、お父さんもそれを望まれているんでしょうね」

無紋はそう言うと、地味な紺のワンピース姿の瞳の顔を正面から見つめた。顔全体の輪郭は思った以上に整っていて、黒縁の眼鏡によって、そのことをわざと隠蔽しようとしているように見えていた。いかにも生真面目な顔だが、柔らかな目尻と頬の輪郭が、繊細な優しさを映しているように思われた。

骨相学的に言うと、よく言えば、穏やかな、悪く言えば、優柔不断な性格を表していた。無紋はその目尻と頬の輪郭が、誰かに似ていると感じていたが、特定の誰かと断言できるわけでもなかった。

死んだ姉の佳江に似ているような気もするのだが、佳江が死んだのが二十五年以上前のことだから、その顔の輪郭の細部などさすがに、記憶から消えていた。

ただ、顔の輪郭はともかく、瞳を見ると、無紋が佳江のことを思い出すのは確かだった。もちろん、実際の年齢は、無紋のほうが瞳より、十歳近く上だろうが、無紋が佳江を思い出すとき、無紋の年齢は姉が死んだ大学生時代で止まっているため、瞳が自分より年上の姉のように見えてしまうのだ。

責任感の強さと融通の利かない対応という点で、瞳と佳江は似ているように思われた。それだけに、瞳は、無紋にとって、仕事上の関係者というだけでなく、何となく気になる存在なのだ。

「私は父に家に戻ると申し出ていますが、父はまったく受け入れようとしません。確かに、出て行くとき、私も父にはほとほと愛想が尽きていましたので、『家には二度と戻りません』などと言ってしまったんです。ですから、父はいったん口にしたことは最後まで守れと言い続けています」

「それはお父さんの強がりでしょう。本音では、あなたに戻って欲しいんだと思いますけどね」

「私もそう思います。でも、父の性格からして、いったん裏切った私をどうしても受け入れる気持ちになれないんだと思います」

瞳は深いため息を吐いた。その苦しみの澱が、顔の表情にだけでなく、黒い雲のように全身を覆い尽くしているように見えた。責任感というのは残酷なものだと、無紋は心の中でつぶやいていた。

その責任感のために、会社で過重労働を強いられた佳江も、自殺に近い交通事故死を遂げていた。雨の中、佳江は傘も差さず、信号もない交通量の多い国道を横断しようとして、大型トラックにはねられたのだ。普段アルコール類はまったく飲まないのに、体内から相当量のアルコールが検出されていた。

佳江がうつ状態になっていたのは否定できず、その姉に無紋が家族として救いの手を差し伸べられなかったことが、無紋の生涯の負い目となっていたのである。

瞳は確かに優しい女性に見えた。ただ、優しさは、弱さの証明でもあるのだ。無紋は、瞳も佳江と同じような運命を辿ることを恐れていた。

無紋は尋ねることはしなかったが、瞳は未婚なのだろうと考えていた。区役所の近くに、マンションを借りているが、どうやら一人暮らしらしい。結婚しているのであれば、父親の元に戻るということは、そう簡単には口にできないだろう。

「ですから、今のところ、私と父の関係が修復して、父が自主的にゴミを撤去する可能性は低いと思いますので、やはり現実的な解決を目指さざるを得ません。それで無紋さん、区としては弁天代署の意向というものも知っておきたいと考えているんです。福留さんがおっしゃったように、警察はやはり区が行政代執行の決定を下すことを望んでいるのでしょうか？　それとも――」

やはり、瞳は福留の言ったことを気にしているのだ。佳江も他人の意見を過剰に気にするタイプだったが、どうやら瞳も同じらしい。ここははっきりと言ったほうがいいと無紋は判断した。

「いや、そんなことは望んでいませんよ。もっと正確に言えば、福留君が使った警察の意向という言葉自体がおかしいんです。ご存知のように、警察は民事不介入が原則ですから、そもそもこの件について、意向など持っていません。今のところ、刑事事件にもなっていませんので、署長はもちろんのこと、地域課の課長にも生活安全課の課長にも、報告すら上がっていないと思います」

無紋は正直なところ、地域課の課長がこの案件をどこまで把握しているのか分からなかったが、生活安全課長の葛切が把握していないのは確かだった。何しろ、無紋もなたねもこのゴミ屋敷について捜査報告書も書いていなければ、口頭でも葛切に伝えていないのだ。

だいいち、仕事に不熱心なことにかけては天下一品の葛切は、こんな話を聞くことすら毛嫌いするだろう。

「そうですか。では、区側が自由な立場で決定していいんですね」

「もちろんです。この前も申し上げたように、決定権は行政の側にあるんですから。それで、私も念のためにお訊きしますが、住民課としての意向はどうなんでしょうか？　まあ、あなたのお気持ちの問題はいったん置くとして」

無紋の質問の意味は、瞳個人の意思というのではなく、行政機関としての住民課の意図がいずれの方向に向かっているのかということだった。こういう質問を、瞳はあらかじめ予想していたのだろう。比較的滑《なめ》らかな口調で話し始めた。

「この案件は住民課がすでに区長にも上げていますので、大変深刻な事態と受け止められています。最初は、課長も含めて住民課の人たちは、やはり私の気持ちを考えてくれて、代執行には消極的だったのですが、この案件は区長マターになっていますので、個人の気持ちを云々《うんぬん》できる状態ではなくなっています」

「ということは、行政代執行の方向に動いているということでしょうか？」

「いえ、それがそうでも――」

瞳はここで初めて言いよどみ、視線を落とした。それから、再び、顔を上げ言葉を繋いだ。

「区長が気にしているのはやはり予算の問題です。区議会で、予算の使い方について厳しい追及を受けていることもあって、区長はこの一件にあらたに予算を使うことに消極的なんです。もちろん、行政代執行が実施される場合、いったんゴミの撤去作業を行う業者に対して区が撤去費用を支払い、あとから父に請求する形を取るのですが、父がその請求に応じる可能性はほとんどありませんので、結果的にその費用は区の負担になってしまいます」

「そういう場合、業者へ支払う撤去費用はいくらになるんでしょうか？」

「区としてもいくつかの業者に見積もりを取らせてはいます。もちろん、実際に部屋の中に入ってみないと分からないところもあり、業者によっても違いますが、二十万から六十万ぐらいが相場のようです。ただ、場合によっては、百万近くまで行く可能性はあるようです」

無紋は、あまりにも幅がありすぎると思ったものの、想像していたよりは安いとも感じていた。普通に考えて、最低でも百万くらいはするだろうと思っていたのだ。

「思ったほどではないですね。それくらいの額でも、区の予算としては問題になることがあるのですか？」

「ええ、うちの区の予算規模はけっこう小さいですから。東京都の膨大な予算とはわけが違います」

「じゃあ、近所で、俺が撤去費用を払ってやるという人が出たら、区としては行政代執行を決定することはあり得るのでしょうか？」

無紋が笑いながら訊いた。だが、瞳は真剣な表情を崩さず、大きくうなずいた。

「もちろん、それはそうです。予算が一番ネックになっているんですから。それ以外の点では、父の振るまいがあまりにもひどく、条例が定める要件を十分に満たしていると思います」

要するに、予算ということか。ただ、この複雑な父娘関係が絡む事案を、撤去費用だけの問題で解決できるとは思えなかった。しばらく、二人とも口を開かなかった。

無紋は、その沈黙の中で、ふと瞳の死んだ母親のことを尋ねてみようという気になっていた。紅林が示唆したような、母親の郁子の死体がゴミ屋敷内にある可能性について、瞳も不安を抱いていないはずはないと思っていたのだ。ただ、無紋は紅林に聞いた話は、自分の胸にしまい込み、まだ他の誰にも話していなかった。

「お母さんの郁子さんが亡くなったのは、昨年でしたよね」

無紋の質問が、唐突に響いたのは否定できなかった。しかし、瞳はそれほど驚いた様子もなく、自然な口調で答えた。

「ええ、母は去年の五月二十二日に亡くなりました」

「ご自宅で？」

「そうです。でも、実は、私、そのとき自宅にはいなかったんです。私自身が発熱していて、コロナに罹患していたんです。四年前のコロナ全盛の頃とは、ここ一、二年は状況が違いますが、それでも家に基礎疾患のある人間を抱えている家にとっては、大変です。母には心臓疾患があり、コロナを感染させたら大変なことになると思い、私は駅前のビジネスホテルに自主隔離していました。結局、母はすぐに亡くなりました。父によれば、微熱はあったそうですから、コロナの可能性も否定できませんでした。コロナに罹患すると、高熱が出ると言われていますが、個人差があり、高い熱が必ず出るわけではないと、紅林先生もおっしゃっていました。それで父は、葬儀も行わず、火葬も葬儀社に任せたんです。従って、私は母の死に顔さえ見ていません」

「そうすると、そのとき、お母様のご遺体を見た人は？」

「父だけです。親しい知人にも、コロナを理由に、うちに来ることを父が断ったと言っていましたから」

無紋もさすがに、ここで郁子が本当に病死だったのか、瞳に尋ねるほど無礼な人間ではなかった。ただ、それに代わる、もう少しハードルの低い質問はせざるを得なかった。

「お母様の火葬を任せた葬儀社は、何という名前の葬儀社だったのでしょうか？」

しかし、この質問さえ、瞳に相当な不安を与えたことは間違いないようだった。その顔は硬直し、一瞬、言葉を失ったように見えた。だがやがて、ますます暗い表情で答えた。

「それが分からないんです。父に尋ねても、あまりはっきりしたことは言いませんでしたから。そのうちに、私と父が不仲になり、私は父から怒鳴られるだけで、まともな会話などまったくできなくなってしまったんです」

瞳の言うことを聞いていると、無紋の質問の意図を確実に理解していて、無紋と同じ疑惑を共有しているのは明らかに思われた。瞳も自分の母が病死ではないという不安に苛まれているのではないか。

無紋はもう一度、瞳のうつむき加減の、沈みきった顔を凝視していた。

3

無紋は家電リサイクル法を勉強し始めていた。正式には特定家庭用機器再商品化法と呼ばれるこの法律が施行されたのは、一九九八年十二月のことである。

それまでは、エアコン、テレビ、冷蔵庫、洗濯機という特定四品目を、各自治体が粗大ゴミとして無料で回収していたのだが、この法律施行後は、有料となったのだ。

まず、粗大ゴミの廃棄を望む個人がリサイクル料金を支払って、購入した販売店にそれを引き取ってもらい、その販売店から自治体が指定したリサイクル工場に運ばれ、リサイクルが可能なものはリサイクルされ、そうでないものは廃棄される。これが一般的なプロセスだった。

自治体によって、いくつかの別ルートも用意されているようだが、この法律の立法趣旨が、特定四品目のリサイクルの効率を高めることにあるのは間違いないのだ。

もちろん、その後、この法律の問題点もいろいろと指摘され、見直しもなされてきたのだが、端的に言って、一番の問題は、やはり廃棄が有料になったことで、粗大ゴミの不法投棄が著しく増えたことだろう。

不法投棄は悪質な業者によって行われることが圧倒的に多いようだ。しかし、リサイクルで社会的に貢献しようとする意識など皆無で、それまで無料だった粗大ゴミの廃棄が有料になったことに我慢できない人間は、やはり一定数存在するのだ。

その意味では、柳のしていることは、不法投棄を行う人間とは、まったく逆行していた。柳の自宅がゴミ屋敷化されたのは、郁子の死後のわずか一年の間というのだから、そんな短期間の間に、そのような大量のゴミ、特に粗大ゴミを集めるためには、途方もないエネルギーが必要だったことだろう。

七十三歳という年齢を考えると、柳がそんな負のエネルギーを未だに持ち合わせていること自体が、無紋には不思議でもあったのだ。実際、柳がこの一年のうちに、何回か白のトラックを自宅前に駐め、そこから比較的小型の粗大ゴミを一人で邸内に運び込む姿が近隣住民に目撃されている。

このトラックの正体は、無紋の調査ですぐに割れた。柳自身が、弁天代地区内のレンタカー店で、自分の免許証を提示して、堂々と借り出していたのだ。

さらには、柳がどこからそのような粗大ゴミを持ち込んでいるかも、だいたいのところは分かっていた。奥多摩《おくたま》方面に、ゴミの不法投棄場所として有名なスポットが二ヵ所あり、テレビの情報番組でも何度か取り上げられていた。

そのうちの一ヵ所は、郊外とは言え、比較的住宅街に近かったため、何人かの通行人やドライバーが、白の小型トラックと、柳に似た高齢の男性を粗大ゴミの山の前で目撃していたのだ。

しかし、それにしても、そういう不法投棄場所から、柳が不法投棄された粗大ゴミを自宅に運び込んだとすれば、レンタカー代金を考えるだけでも、経済的利点はまったくない。そういう負の投資が、自分を裏切った娘の瞳に向けられた憎悪だけに支えられているのだと思うと、無紋は暗然とする他はなかった。

他人の裏切りよりは、身内の裏切りによって怒りが増幅されること自体は理解できる。だが、その怒りの巨大さが、奇妙にバランスを欠いていることに、無紋は得体の知れない気味の悪さを感じていたのだ。

4

午前零時過ぎだった。中山は一人、ゴミ屋敷の前に立っていた。荷物はまったく持たず、マスクを二枚重ねて着用している。それでも悪臭は確実にマスクの隙間をこじ開けるように侵入してくるように思われ、その凄まじさに改めて恐怖すら抱いていた。

中山は、なたねがもたらしたある情報から、ゴミ屋敷の室内をどうしても覗いてみたいという衝動を抑えきれなくなっていた。

なたねがその情報を手に入れたのは、コンビニで柳を偶然、見かけたのがきっかけだった。そのとき、柳はなたねに気づいている様子はなく、いつも通り買い物をしていた。

なたねはその後、数回外出する柳のあとを尾行し、柳が同じコンビニで買い物をする様子を観察した。なたねがそんな行動を取ったのは、柳を説得してゴミを撤去させるためには、彼の日常を知り、どんな買い物をするかを理解した上で、彼に寄り添う姿勢を示す必要があると考えたからだという。いかにもなたねらしい発想だった。

全部で五回、その行動確認を行った結果、なたねは柳がコンビニで必ず購入するものに気づいていた。その商品が魚肉のソーセージであることをなたねから教えられたとき、中山の脳の中で、暴走が始まっていた。

中山にとって、なたねの情報は情報収集の目的が違うとは言え、いや、だからこそ、客観的な重要性を帯びているように思われた。通り魔犯は柳ではないのかという疑惑が膨らみ、抑えきれなくなっていた。魚肉のソーセージのことだけではない。

五件の事件で手斧のようなものがくり返し使われているのに、入手経路が不明のままだった。捜査員が、ホームセンターほか手斧などを扱っていると思われる店舗をしらみつぶしに当たっていたが、めぼしい情報はまるでなかった。

従って、捜査本部は凶器の手斧はここ数年のうちに犯人が購入したものではなく、元々自宅にあるものを使って、未だに自宅に隠し続けているのだろうと判断していた。

だとすれば、柳のゴミ屋敷はあれだけ雑多な物が外に散乱していて、家の中が見えないようになっているのだから、犯行に使われた凶器を室内のどこか奥深くに隠しておけば容易に発見されないだろうと思われたのだ。

そういう状況と、柳の常軌を逸した言動や二件の殺人の現場に落ちていた食品包装フィルムと柳がコンビニで購入している魚肉のソーセージとの関連を総合的に考えれば、中山にとって、柳は今や、もっとも有力な通り魔候補だった。

ただ、中山も確証が得られるまでは、徳松も含め、なたねの情報を捜査本部の誰にも話すつもりはなかった。

そのため、中山は違法を承知で、ゴミ屋敷の庭まで侵入して中を覗いてみようと決意していた。ただ、これを最初に言い出したのは、中山から通り魔事件の捜査状況を聞いていたなたねである。

しかし、そんな役割をなたねにさせるわけにはいかなかった。その行為が後に問題になるのは、中山も分かっていた。

「そんなことをしたら、違法捜査になっちゃうよ。君はゴミ屋敷の直接の担当者なのだから、そんなことをしたらダメだ」

中山は強く反対し、中山自身がやるつもりだという素振りも見せなかった。なたねは不満顔だった。中山のために、何とか働きたいと思っているのだろう。ところが、そのうちになたねはコロナに罹ってしまい、いったん、戦線から離脱することを余儀なくされたのである。

逆に言うと、中山にとっては、それが最良のタイミングに思われたのだ。仮に中山の行為が後に発覚しても、なたねには責任が及ばないのは明らかだった。

中山は駐車スペースの右にわずかにできている細い通路を、体を横にして、まず玄関の方向に進んだ。玄関の手前にある石段のアプローチ横には、大型冷蔵庫や洗濯機などの粗大ゴミが置かれていたが、中山は左端《ひだりはし》に二十センチほどのわずかな空間を見いだしていた。

そこを通り抜けられれば、庭に入ることができるはずだ。冷蔵庫をさらに右に数センチ寄せれば、長身だがスリムな体型の中山なら、通り抜けが可能に思われた。

数分の労力を要したものの、中山は何とかその細いスペースをくぐり抜け、庭の中に侵入した。だが、一難去って、また一難だ。

今度は、左手の家屋の前に雨戸が四枚山積みにされていて、念が入ったことに、その上に壊れた二台の自転車と三台の本立てと鏡台がのっているのだ。

狂気の乱舞だ。中山は口に出してつぶやいていた。

大きな粗大ゴミと粗大ゴミの間には、まるでその隙間を塞《ふさ》ぐように、小型の掃除機などの電化製品が押し込まれている。それでも、一ヵ所だけ空いている隙間から、家屋本体の窓ガラスの部分がわずかに覗いているのだが、その場所まで近づくには、この巨大な粗大ゴミをなんとかしなければならないだろう。

中山は、めずらしく忍耐という言葉を思い浮かべた。まず雨戸の上にのっている自転車を一台ずつ、下に降ろす作業に取り掛かる。下に降ろすと言っても、家屋本体の近くは、地面が見えているところなどほとんどなかったので、それを反対方向の道路側まで運ばなければならなかった。

中山は上下とも黒のジャージだったが、じわりじわりと下着に汗が滲んでくるのを感じていた。その作業をしながらも、この様々な粗大ゴミも、家屋に近いほうが断然密なことに気づいていた。やはり、粗大ゴミを置いていることには、家屋の中を隠すという目的があるように思えてならなかったのだ。

中山はようやく、窓ガラスの下の縁石のある部分に到達していた。中山が最初に駐車スペースに入ってから、すでに三十分以上が経過している。だが、中山はこの空間に入ってからも、さらに愕然とする事態に見舞われていた。

何と窓ガラスにぴったりとくっつくように、布団やら衣類やらが積み上げられ、中はまったく見えないのだ。ただ、明かりが消えているわけではなく、うっすらとした光がわずかに漏れているように思われた。

中山は何気なく窓の框《かまち》に手を掛け、左右に揺すってみた。あっけにとられた。信じられないことに窓ガラス全体が動いたのだ。鍵が掛かっていない。中山はこの僥倖《ぎようこう》に小躍《こおど》りしたい気分だった。

中山は、わずかに開いた空間に手を入れ、衣類らしき物を左右に押し分けた。フローリングの床が見える。中山はそこからさらに中へと侵入しようという気持ちにまでなっていた。凶器の手斧の発見さえ、不可能ではないという妄想を抱き始めていた。

駐車スペースに侵入した時点で、住居侵入罪が成立しているのだから、この先、家の中に入ろうが入るまいが同じことなのだ。

そう思った瞬間、中山の目に、微弱な明かりに照らされた男の裸足が映っていた。

中山は、かがみ込んだ姿勢から、顔を上げた。ぎょっとした。銀縁の眼鏡を掛けた高齢の男と目が合ったのだ。光を失った、死人のようなその目が不気味だった。

「貴様、痴漢か？　ここに若い女はいないぞ。他を探すんだな。もっとも、とっくに一一〇番してあるから、じきにパトカーが来るだろう。駐車スペースに防犯カメラがあるのに気が付かなかったのか」

唖然とする中山の耳に、パトカーのサイレンが聞こえ始めた。中山の全身を決定的な敗北感が覆った。

5

「無紋君、いったいこれはどういうことだ？　何で俺までが懲戒処分を受けなければならないんだ」

葛切の大声は怒りというよりは、ほとんど泣いているかのように響いていた。さすがにその叫び声は生活安全課内に隈なく聞こえていたので、課員のほぼ全員が沈黙していた。

三日前、中山が自動車警邏隊の警察官に身柄を拘束されたという連絡が、本庁から届いていた。ある意味では、中山にとって、不運とも言えた。

最初に現場に駆けつけたのが、弁天代署の地域課のパトカーであれば、パトカーの乗員は、中山の顔を知っているので、その行為が捜査の一環であるという中山の説明に対して、それなりの配慮をしたはずなのだ。

だが、自動車警邏隊は所轄署管内だけを警邏しているパトカーではないので、その乗員は中山の顔を知らず、中山の説明になかなか納得しなかった。捜索差押許可状を持っていない限り、住居侵入罪には違いないからだ。

しかも、中山は最悪なことに、警察手帳を携帯しておらず、身柄の拘束を解かれるまで、かなり時間がかかったのである。

「まあ、課長、落ち着いてください。課長に対する、処分はごく形式的なものですよ」

無紋は、葛切のデスクの前に立ち、ショックのあまりほとんどへたり込むように座っている葛切を見下ろしていた。すでに午後五時近くになっていたが、十分ほど前に本庁の監察係から葛切に連絡の電話が入り、中山と課の責任者としての葛切に対する正式な処分を伝えてきたのだ。

三日程度で処分を決定したのは、監察係としては非常に迅速な対応だった。中山の場合は、四ヵ月間、給料の二割をカットする減給処分で、これは地方公務員法に基づく正式な懲戒処分だった。しかし、葛切の場合は地方公務員法ではなく、警視庁の内規による厳重注意で、実質的にはほとんど何の意味もなかった。

葛切がまだ若く、これ以上の昇進を望んでいるならともかく、長くてもあと十年以内で定年を迎えるわけだから、実害はあまりないと言っていい。無紋に言わせれば、中山の処分を含めても非常に甘い対応だった。

警察官の犯罪としてたまに起こるのは、下着ドロボウやのぞき目的で女性の家に侵入して、逮捕されるようなケースだが、そういう場合はほぼ懲戒免職だった。ただ、中山の場合は、同じ住居侵入罪と言っても、そういう破廉恥《はれんち》罪とは違い、捜査の一環であるのは明らかなので、そのことが相応に考慮されたのだろう。

それでも、住居侵入罪には違いなかったが、柳の家が普通の住宅ではなく、ゴミ屋敷であることが、中山の情状に多少とも有利に働いたことも否定できなかった。違法とは言え、そういう方法でも取らない限り、なかなか捜査が難しいのは、監察官にもある程度理解できることだったのだ。

「しかしね、無紋君、直接の上司は君だろ。それなのに、君は何のお咎《とが》めもなく、俺が厳重注意とはどういうことなんだ⁉」

どうやら葛切は、中山を捜査本部要員として、特に推薦したことをすっかり忘れているようだった。しかし、もちろん、無紋はそんなことを指摘するつもりは毛頭なかった。

「そこは確かにおかしいですね。私が厳重注意でも構いません。今から、私が監察に電話して、そう言いましょうか？」

　この発言は、葛切の性格を知り尽くした上で、無紋があえて言ったのだ。無紋がそんな電話をすれば、葛切は監察係に抗議していると受け取られることを恐れるはずである。案の定、気の小さい葛切は、無紋の予想通りの反応を見せた。

「何もそこまでする必要はないよ。そんなことをしたら、俺が今回の処分に不満を持ってるみたいに見えるじゃないか。だが、無紋君、処分はこれで終わりなんだろうね。まさか、俺が本庁の九九号室や一〇〇号室に呼ばれて、さらに調べられることはないだろうね」

「あり得ませんよ」

　無紋は苦笑しながら断言した。本庁の九九号室と一〇〇号室が、不祥事を起こした警察官が取り調べられる部屋として、警視庁内に設置されているのは、警察関係者なら誰でも知っていることだった。

　しかし、そこに呼ばれるのは、それこそ痴漢や下着ドロボウなどの破廉恥罪や、まれとは言え、強盗や殺人などの重罪を犯した警察官なのだ。

「それと無紋君、今度の厳重注意で、俺の退職金が減らされることもないだろうね」

「そんなことはないですよ。まあ、増えることもないでしょうが」

無紋の軽口に、葛切はにこりともしなかった。面白くないというより、それが冗談であることにも気づいていないようだった。葛切は、それだけまだ呆然としているのだろう。

無紋が自分のデスクに戻ると、コロナから回復したばかりのなたねがいかにもしょんぼりとした風情《ふぜい》で座っている。無紋と葛切の会話はすべて聞こえていたはずだ。隣席の中山の席は空いたままである。五階の捜査本部で、まだ事情聴取を受けているのかもしれなかった。いずれにせよ、懲戒処分を受けた中山が捜査本部要員から外され、生活安全課に戻ってくるのは間違いなかった。

なたねが無紋にそっとメモ用紙を渡した。


今晩、テソーロに連れてってください。

無紋は、無言でうなずいた。

「私がコロナなんかに罹らなければよかったんです」

「テソーロ」のカウンター席で、なたねは半泣きの状態だった。ピーチ系カクテルをすでに四杯飲んで、五杯目に突入していたから、相当に酔っているのは間違いなかった。


中山が、その夜「テソーロ」に来ることができないことも影響していた。中山とは、無紋はすでに携帯で話せていたが、処分が決まったその日は自宅で謹慎しろと捜査本部の幹部から言われたため、さすがの中山も自宅マンションに戻っていた。

いずれにせよ、明日からまた、生活安全課に復帰するというから、無紋はほっとしていた。これで、超多忙状態から、普通の多忙状態に戻ることができると思ったのだ。

「でも、ものは考えようじゃないか。とにかく、明日から中山君はまたセイアンに戻ってくるんだ。俺にしてみれば、彼の復帰はとてもありがたいよ。彼がいないってことは、致命的な打撃だったわけだからね。君だって、明日から、毎日、彼の顔を見られるじゃないか」

「それは嬉しいですけど、中山さんの給料が二割も減るんですよ。それも四ヵ月間。無紋係長、私、バイトでもして、中山さんを経済的に支えたいです。それで、中途半端なバイトより、キャバクラのキャストになることも考えています。係長、私を雇ってくれるキャバクラなんてあるでしょうか？」

無紋は呆れたように、すでにトロンとした目になっている、なたねの童顔を見つめた。かなり呂律も怪しくなっており、まさか本気で言っているとも思えなかった。

その日のなたねは、若干短めの黒のスカートを穿いていた。だが、その程度の丈《たけ》の短さは、なたねにしてみれば、それほど珍しいことではない。

もっとも、生活安全課の女性刑事が、痴漢犯罪などの捜査の際、極端に短いスカートを穿いて容疑者をおびき出そうとすることもあるが、なたねはまだ、そういう捜査を担ったことはなかった。

警視庁は過去においては、普通に勤務する際の女性警察官のスカートの丈について、かなり厳しい規則を設けている時代もあったが、最近ではそんな規則もない。化粧も、ごく普通に認められている。

ただ、カウンター席に座っていると、スカートが上に引っ張られ、肌色のストッキングに覆われた太股がかなり露《あら》わになっていた。酔いのせいで、下半身に対する注意力が散漫になっているのだろう。

無紋はなるべく目線を下げないようにしていたが、それでも出会い頭のようになたねの下半身がときおり無紋の視界の片隅に入ってしまう。童顔でボーイッシュな印象が強い分、意外なほど成熟した太股が何ともアンバランスで、妙に艶《なま》めかしかった。

「何を馬鹿なことを言ってるんだ。そんなことをすれば、中山君に嫌われるぞ」

無紋はおどけたように言った。

「いえ、そういうことじゃなくて、私が係長にお訊きしたいのは、私がキャバクラのキャストとして通用するかどうかということなんです」

これはダメだ。無紋は、心の中でつぶやいていた。なたねが完全な酩酊《めいてい》状態の手前くらいに差し掛かっているのは、明らかだった。早く切り上げた方が無難だろう。

「ああ、通用することは間違いない。ただ、そうなれば、警察をクビになって、中山君にも会えなくなるんだぞ。ほら、ちょっと前に、どこかの県警の女性警察官が、キャバクラに勤めていることがバレて、懲戒免職になった事件があったじゃないか」

「係長、あれはキャバクラじゃなくて、風俗です」

「そうか、風俗だったか。でも、同じようなもんだろ」

「同じじゃありません！　キャバクラはセックスしなくても大丈夫でしょ。でも、キャバクラみたいな中途半端なとこより、どうせならデリヘルみたいな風俗のほうが、たくさん稼げますよね」

無紋は直接返事をせず、軽いため息を吐いた。中山が懲戒処分を受けたことに、なたねが相当なショックを受けたのは確かだろう。

「でも、私、魚肉ソーセージのことなんか、中山さんに教えないほうがよかったんでしょうか?」

なたねが、不意にしらふの口調に戻って言った。ただ、酔いというものは、一律に同じように続くのではなく、酩酊と覚醒を反復的にくり返すことを無紋は知っていたので、けっして油断すべきではないのだ。

「ああ、柳さんがコンビニで買ったっていう?」

「ええ、本当は中山さんではなく、私があのゴミ屋敷に潜入するつもりだったんです。私は中山さんのためなら、何でもやりたいんです。中山さんも水くさいです。私が入るのはダメだと言うだけで、自分で入るとは一言も言わなかったくせに――」

「君が責任を問われないように、配慮したんだな。優しいじゃないか」

「ええ、だから、私、嬉しいやら、切ないやら」

なたねが、突然号泣し始めた。やはり、相当に酔っているのは間違いなかった。

カウンター席の一組の高齢の男女が、半ば呆れたような顔で、なたねと無紋のほうを見ている。折悪しくと言うべきか、絶妙のタイミングと言うべきか、店内には黒木《くろき》憲《けん》の「霧にむせぶ夜」がかかっている。その歌詞の一部が無紋の耳を掠める。

「もう泣くのはやめなさい」

無紋は、まるでその歌詞に合わせるように言い、ジャケットのポケットから、白いハンカチを出して渡した。なたねは泣き止み、それを受け取って涙を拭《ぬぐ》い、それから無造作にまるで自分の物のように、持参のバッグに入れた。

やはり、酔っている。無紋はもう一度心の中でつぶやき、その涙に濡れた顔をしげしげと見つめた。

「でも、係長、私、柳さんの気持ちを理解しようと思って、魚肉のソーセージを生まれて初めて、食べてみたんです」

なたねが、またもや意外にしっかりした口調で言った。

「本当に生まれて初めてなの？」

「ええ、そうなんです。それまで食べたことがなかったんです。カルパスなら食べたことがありますが」

カルパス？　無紋はそんな物を食べたことがなかった。ただ、こんなに酔っているなたねにそれが何なのか訊く気にもなれなかった。覚えていれば、あとで調べるしかないだろう。

「それでどうだったの？　美味いと思ったのかね」

「ええ、まあまあでした。そんなにまずくはないというか、いえ、これなら好物にしている人はいるだろうなというレベルでした。でも、中山さんが言うように、通り魔が人を襲う前に、小腹が空いて、それを食べたという説には、納得できない点もあります」

なたねは、そこで言葉を切り、目の前のグラスを手に取って、ぐいと一飲みした。

無紋はハラハラしていた。もはや、飲ますべきでないのは分かっていた。

これ以上飲み続けて、なたねが正体を失うようになれば、中山に連絡して、来てもらうしかない。しかし、謹慎中の中山に、そんなことをさせるのは、好ましいはずがないのだ。

「殺人や傷害を起こそうとしている、緊張状態にある人間が、いくら小腹が空いたと言っても、そんなものを食べてから犯行に及ぶのは不自然だということ?」

無紋の質問に、なたねははっきりと首を横に振った。

「いえ、違います。味の問題なんです。魚肉のソーセージって、まったく噛み応えがないって言うか、ふんわりした味で、食べても、何となく体に力が入らない感じなんです。これから、誰かを殺そうと考えている人間が、実行する前に食べるなら、堅くて噛み応えがある物のような気がするんです。魚肉のソーセージはふにゃふにゃし過ぎですよ」

酔っているとは言え、いや、酔っているからなのか、面白いことを言うと、無紋は感じていた。確かに、そういう意味では魚肉のソーセージを食べて、戦陣に臨むという感じはあまりしないのだ。なたねの言う通り、もう少し噛み応えがある物を選ぶほうが自然に思われた。

「それと無紋のおじさん、柳さんって、話してみると、そんなに悪い人でもないんですよ。この前、コンビニで買った豚《とん》トロ弁当を差し入れたら、とても喜んでくれて、『君はいい子だ』って、言ってくれたんです」

なたねは一気に残りのピーチ系カクテルを飲み干した。五杯目の完了だ。

柳に差し入れまでしているのか。それとも酔いの上での戯言《ざれごと》なのか分からなかった。それに普段にない語彙が飛び出していた。無紋のおじさん。

これはいかんと、今度は声に出して、つぶやいていた。しかし、不思議なことに、無紋はなたねにそう呼ばれたことが、なんとはなしに嬉しくもあったのだ。

無紋はたまたま背後を通りかかった若い従業員の女性に向かって、呼びかけた。

「悪いけど、水を二つください」

それから、無紋のほうに寄りかかるなたねにチラリと視線を投げた。瞼《まぶた》が半分閉じ、今にも眠りに落ちそうだった。

7

翌日、無紋が出勤すると、中山もなたねも自分の席にはいなかった。無紋のデスクには、小型の買い物袋が置かれていて、中を見ると、チョコレートの箱ときちんと折りたたまれた無紋のハンカチ、それにピンクのメモ用紙が入っている。

まずメモ用紙を見た。小さくきれいな書体の文字が、無紋の目に飛び込んできた。

昨日は、お恥ずかしい姿をお見せして、申しわけありませんでした。穴があったら入りたいです。深く反省していますので、どうか中山主任には、内緒にしてください。チョコレートはお嫌いなようでしたら、奥様と娘さんに差し上げてください。

境

無紋は昨夜のことを思い出していた。すっかり酔っ払ったなたねをタクシーに乗せて、自宅マンションの前まで連れて行ったのだ。そのマンションのエントランスから、自室まで辿り着けるかさえ心配になるような酔い方だった。だが、さすがに中山の顔が浮かび、まさか部屋の中まで、なたねに付いていくわけにはいかなかった。

「ちょっと、富川《とみかわ》君、中山主任はもう出勤しているのかな？」

無紋は昨年、生活安全課に配属され、無紋のシマに入った富川唯史《ただし》という若い男に声を掛けた。無紋は、その日、ちょっとした事務手続きのため、総務課に立ち寄ったので、生活安全課に入るのが、三十分ほど遅れていた。

「ええ、先ほど、課長と一緒に署長室に行かれました」

「ああ、そうなの」

無紋は浮かぬ声で答え、それ以上は何も言わなかった。葛切の不機嫌な顔と中山の白けきった顔が浮かぶ。おそらく、二人で署長のところに謝罪に行き、形式的な説諭を受けているのだろう。

「境君は？」

無紋はついでのように訊いた。

「境さんは、近くのスーパーで複数の少女による万引き事件があったので、刑事課の要請で現場に行っています」

万引きは窃盗罪の刑法犯なので刑事課の担当なのだが、女性警察官の数が足りず、ときおり、応援を求められることがある。女性による万引きの場合、取った物を体のどこかに隠している可能性があるので、女性警察官が必要になるのだ。

無紋はデスクの椅子に座り、ふっとため息を吐いた。中山が復帰し、なたねも、昨晩、無事に部屋に辿り着き、今日も出勤しているようだから、ともかくほっとしていた。葛切と中山の確執は、まだまだ続いているというより、明らかに悪化していたが、結局、なんとかなるだろうと無紋は楽観していた。

「富川君、職質の研修、どうだった？　少しは役にたったかい？」

無紋は何気なしに訊いてみた。実際、無紋は係長として、経験の浅い富川を指導する機会がなかなか取れないことをいささか心苦しく思っていたのだ。

富川が本庁の地域指導課で受けた職務質問の講習は、採用後五年以内の者で、本人が希望し、署長の許可があれば誰でも受講できる。多少とも昇進に関係することも確かで、講習期間も三日間と短いので、参加希望者も多い。

「ええ、大変参考になりました」

富川の返事は、通り一遍で、無紋には面白みがなかった。中肉中背で、真四角な顔の輪郭が、いかにも生真面目な富川の性格を伝えているように思えた。眼鏡は掛けていない。

「一日、何時間くらい勉強するの」

「二時間です。職務質問指導官が一時間くらいしゃべり、どこまでが適法で、どこからが違法かを、具体的に解説するんです。例えば、自転車に乗っている相手なら、荷台に手を掛けるまではいいとか、実際の判例を紹介しながら、説明してくれます。そのあと、実践的な研修を一時間くらい行って終了となります」

「まあ、実践的な研修はともかく、判例を紹介しながら、どこまでが適法で、どこからが違法かなんて言われても、そんな話、けっこう退屈なんじゃないの。現実の職質には、あまりうまく適合しないこともあるからね」

無紋は笑いながら言った。富川のあくまでも堅い答えを、少しでも気楽な方向に誘導する意識も働いていた。無紋のくだけた話しぶりに、富川も少し安心したように、笑みを浮かべながら話しだした。

「そうなんです。延々と具体例を説明されても、そんなのすぐに頭には入りませんしね。正直言って、少々眠くなることもありました。でも、『ヤナギの職質メソッド』というのは、確かに面白くためになりましたよ」

無紋ははっとしていた。「ヤナギ」という言葉が、胸に刺さるのを感じたのだ。しかし、その「ヤナギ」が、例のゴミ屋敷の住人と関係があるかはすぐには確信が持てなかった。

そもそも無紋が地元採用の警察官として、警視庁に入った頃は、そんな研修制度は存在せず、職質のかけ方は、上司や先輩からそれとなく習ったに過ぎなかった。だから、「ヤナギの職質メソッド」という言葉も初耳だったのだ。

「それどんなやり方なの？」

無紋は、さりげなく尋ねた。そういうことに関しては、無紋はまったく見栄を張るタイプではない。知らないものは、はっきりとそう言うのが、無紋のモットーだった。

そもそも無紋はマニュアルめいたものは、あまり信用しておらず、どんなことに関しても、それぞれの固有な事情を丹念に調べ上げ、その結果から論理的に推理する方法が最良の捜査方法であると信じているのだ。

「別名、『ヤナギの迂回職質』とも呼ばれている職務質問のマニュアルで、怪しいと思われる容疑者に対して、職質の目的を最初は知らせないようにすることが大事だと教えられました。これは職質指導官が挙げた例ですが、例えば、殺人罪の容疑者が自転車で逃走していて、その容疑者をストップして、職質を掛ける場合、殺人のことなどおくびにも出さず、自転車の防犯登録がなされているかどうか、窃盗防止のためのルーティーンの検問を行っているように装います。相手は盗んだ自転車で逃走している可能性が高いですから、盗難に遭った自転車であることが判明した場合でも、殺人のことなど一切言わず、あくまでも自転車窃盗のことだけを追及し続け、窃盗罪で逮捕したあと、ようやく本線の殺人を持ち出すんです」

一番やってはいけないことは、職質の本当の目的を最初から悟《さと》らせてしまうことだという。心理学的に言うと、人間というのは、罪が軽微であればあるほど、それに対する防御力が落ち、逆に罪が重ければ重いほど防御力が高まるため、比較的軽微な罪のことで、職質を受けているという錯覚を与えることが、重要だというのだ。

「職質の王道は大丈夫だという錯覚を容疑者に与え、職質をする側が描いている青写真を隠蔽することだとも教わりました」

それは要するに、相手を欺すという意味だろうと無紋は突っ込みを入れたくなった。だが、直接、そうは言わず、もう少し遠回しな表現を選んだ。

「そうか。職質をする側が描いている青写真、か。ただ、そういう偽装は、警察官職務執行法と整合性がとれないという非難を浴びやすいだろうね」

無紋の言葉に、富川が首を捻り、当惑の表情を浮かべた。その顔は、難しいことは分かりませんと言っている。無紋自らが言うことはないが、富川も無紋が東大出身であると人づてに聞いていて、下手なことを言うとやり込められると思っているのだろう。

まだ無紋の人柄をよくは知らない富川が、そういう風に考えるのはやむを得ないところがあった。

無紋は警察官職務執行法の文言の一部を思い浮かべた。「(警察官は)合理的に判断して何らかの犯罪を犯し、若《も》しくは犯そうとしていると疑うに足りる相当な理由のある者又は既に行われた犯罪について、若しくは犯罪が行われようとしていることについて知っていると認められる者を停止させて質問することができる」

つまり、「合理的に判断して」や「相当な理由」という文言に象徴されているように、対象者に職質を行うかどうかの判断には、合理性や相当性がなければならないと言っているのだから、本当の目的を隠して、職質を行うこと自体が、この法律の精神に反するとも言えるのだ。

従って、「ヤナギの職質メソッド」なるものは一種の裏マニュアルのようなもので、職質を行う警察内部の人間だけで共有されるべきものなのだろう。それにしても、無紋はやはり、「ヤナギ」という固有名詞が気になっていた。

「ヤナギの職質メソッドのヤナギって、何者なの？」

無紋の質問に、富川は首を捻りながら、自信なげに答えた。

「何でも大学教授の行動心理学の専門家で、かなり昔、本部の要請でこのマニュアルを書いた人らしいですよ」

間違いない。無紋はすでに確信していた。あの柳がそういう過去を持つことは、あまりにも重要なことに思われた。無紋は何とも言えぬ奇妙な感覚に襲われていた。だが、無紋はそれ以上、その職質マニュアルについて、富川に話すことはなかった。

そのとき、足音がして、中山が一人で戻ってきた。

「無紋さん、ご迷惑をおかけしました」

中山は無紋を見て、ニヤリと笑った。

「いや、君がこの課にいないほうが迷惑だよ」

無紋も笑い返しながら言った。

「それで課長は？」

無紋の質問に、中山は肩をすくめた。

「まだ、署長と話していますよ。俺を先に帰して、延々と自分の都合のいいように言いわけしてるんでしょ」

「それで、署長はお冠だったの？」

「そうでもないですよ。捜査に熱心なのはいいけど、熱心なのもそこそこにしないとな、葛切課長を少しは見習いなさいと笑いながら、言ってましたよ。どういう意味でしょうか？」

「捜査に不熱心なのも、一つの美徳となるってことじゃないの。まあ、課長には適当に謝っとけよ」

無紋は中山の皮肉な言葉に思わず噴きだしそうになるのを、ぐっと堪《こら》えて、真面目くさった表情で答えた。

「さっき謝りましたよ。でも、相変わらず、意味不明なことを言って、怒っていましたけど」

「そうか、謝ったならいい。あとは俺が、うまく取りなしとくよ。それと明日、君の復帰祝いを『テソーロ』でやろうよ」

「今晩でもいいですよ、謹慎なんて一晩で十分です」

「いや、今晩は境君と飯《めし》でも食えよ。彼女、随分君のことを心配してたから」

無紋はそう言い捨てると、出入り口のほうに歩き出した。

8

翌日、無紋は区役所に自ら足を運び、柳の妻の郁子を火葬するために必要な書類、すなわち死亡届、死亡診断書、火葬許可申請書が葬儀社を通してきちんと提出されていることを確認した。こういう手続きは、遺族でなくても、葬儀社が行うことができ、家族の死によって動揺している遺族が葬儀社にそういう手続きを委ねるほうが、むしろ普通だった。

ただ、その先までさらに突っ込んだ調査をするのが、無紋がこだわり無紋と呼ばれる所以《ゆえん》なのだ。無紋はそのあと、幌山《ほろやま》火葬場に行き、柳が火葬証明書を取っていることも確認していた。

これは若干気になる事実だった。火葬証明書とは、普通、自治体から出された火葬許可証を紛失したときに出されるものなのだ。葬儀社が柳家のために、区に火葬許可申請書を提出し、火葬許可証を取得したのは間違いないが、そのあと柳はその火葬許可証を紛失し、改めて火葬場から火葬証明書を取ったことになる。無紋はその意味についても考え続けた。

区役所は日中しか開いていないので、無紋はこういう調査を昼間から行っていた。葛切に一言声を掛け、「ちょっと調べたいことがあるので、外出します」と言っておけば、葛切が無紋の行動を止めたりすることはまず考えられない。

無紋を信頼しきっているというより、無紋が何を調査しようとしているかなどに葛切は関心がなく、いざとなったら自分の盾になってくれる無紋の機嫌を損ねることを過剰に恐れているのだ。

それに中山が無紋のシマに復帰したことも、無紋が比較的自由に動けるようになったことと無関係ではなかった。やはり、「犯罪抑止担当」の仕事のかなりの部分を主任の中山に任せ、どうしても気になることだけを徹底的に調査できるようになったのは確かだった。

やはり、柳の妻郁子について、紅林が言ったことが忘れられなかった。彼のゴミ屋敷の室内の、どこか奥深くに隠されているかもしれない郁子の死体の光景が、まるで幻想のように無紋の頭の中で、浮沈をくり返していた。

そして、今回、思わぬことに中山がゴミ屋敷の中に潜入しようとする暴走捜査をやってのけたのだが、そのことについても、無紋は奇妙な符合を感じていた。

もちろん、無紋の考えていることは中山と同じではないだろう。中山は柳を通り魔犯ではないかと疑っており、凶器の手斧があの屋敷の室内に隠されている可能性を考えているのだ。しかし、無紋は必ずしも柳を通り魔犯と疑っているわけではなく、おそらく夫婦喧嘩の果てに、柳が郁子を殺害して、室内に死体を隠している可能性を考えているに過ぎなかった。

確かに、それでは隠されている物が違うだけとも言えるが、無紋の場合、自分のそういう考えにさえ懐疑的だった。あのゴミ屋敷の光景がいかにもそういう発想を誘っていること自体に、何か説明しがたい違和感があり、無紋はその違和感の原因にいつものようにこだわっていたのだ。

無紋は午後三時頃には、弁天代署に戻り、デスクワークに従事した。その間《かん》、相変わらず夫婦喧嘩や盛り場の揉めごとなどで中山やなたねや富川たちが何度か出動したが、午後七時頃、無紋は中山となたねを連れて、夕食も兼ねて「テソーロ」に出かけた。

「そうそう、さっき地域課の課長から、こっちの課長に電話が入ったんだ。課長が何のことかさっぱり分からないと言ったから、俺が電話を代わって、話を聞いた。そしたら、境君も知っている福留巡査のことで、その内容がまったく意外だったんだよ」

三人は「テソーロ」のカウンター席ではなく、ボックス席を利用していた。無紋は横並びに座る中山となたねと対座していた。さすがに、捜査に関する話になる可能性があるので、たまたま空いていたボックス席を選んだのだ。

無紋はいつも通りジャックダニエルの水割り、中山は白ワイン、なたねはピーチ系カクテルを注文していた。料理は唐揚げとチョリソーとタコス、それにシーザーサラダだった。なたねは、最初に一口飲んだだけで、あとはほとんど口を付けていない。

無紋の口から、一昨日、二人で飲んだときの話が出そうになると、なたねは哀願するように無紋を見つめた。やはり、あんな醜態を晒したことを中山には知られたくないのだろう。もちろん、無紋は最初から、そんなことを中山に話す気はなかった。

「福留巡査って、無紋さんに偉そうなことを言った若いやつのことですか？」

なたねではなく、中山が訊いた。中山は話を聞いているだけで、福留との面識はないはずだ。

「ああ、そうなんだが、あの巡査、ゴミ屋敷の担当を外されたらしい。というか、交番勤務も解かれて、内勤になったたって話だ」

「そうなんですか？　何か問題でも起こしたんですか？」

ここでなたねが真剣な表情で訊いた。そうだとしたら、なたねの仕事にも少なからぬ影響が出るからだろう。

福留と一緒に、柳の説得に当たっていたわけだから、なたねにとって、福留は仕事上の相方《あいかた》と言えないことはなかった。代わりの巡査が来ることになれば、その人間関係を新たに構築しなければならないのだ。

「下着ドロボウでもしたんじゃないの。そういう偉そうなことを言う生意気なやつが、ど変態だってことはよくあることですからね。警察官が担当を外されるときって、たいていそういう破廉恥罪が絡んでいるじゃないですか」

いかにも中山らしい軽口に、無紋は苦笑した。担当を外されるという意味では、自分のことは棚に上げているのがおかしかった。無紋に偉そうな口を利いたという福留に対しては、中山は未だにあまりいい感情を持っていないようだった。

「いや、下着ドロボウなら、懲戒免職だろ。そうじゃなくて、彼はゴミ屋敷の近隣住民から、飲食の接待をされた上に、商品券も受け取っていたらしい。その一部の限られた住民たちのために、行政代執行などの強行策を取ることを主張していたことが判明したっていうんだ」

福留が受けた接待の金額は居酒屋で一杯という数千円程度のもので、商品券も千円相当を四枚もらっただけという。ワイロと呼ぶにはあまりにもせこいものだが、福留の正義感に満ちた発言の裏に、そんな事情があったことに、無紋は驚くと同時に呆れていた。

「へえ、だとすると、彼が瞳さんを責め立てていたのも、そういう裏があったということですか。で、交代の警察官がやはり交番から派遣されてくるんですか？」

なたねにしてみれば、福留のそんな罪状より、次に誰が来るのかのほうが重要なのだろう。

「いや、地域課としては、すべてセイアンに任せるから、よろしく頼むっていうのが、地域課長の電話の趣旨なんだ。行政代執行となれば、応援の巡査は出すとは言っていたがね」

「また、クズの親爺が、そんな虫のいい地域課の要請を吞んじゃったんでしょ。相変わらず、肝《きも》の小さな男ですね」

中山が、いかにも非難がましい口調で言った。

「いや、オーケーしたのは、課長じゃなくて俺だよ。いいじゃないか、これで地域課に気兼ねすることなく、ゴミ屋敷の問題をやれるんだから」

「ということは、無紋さんも柳の件は単なるゴミ屋敷の問題ではないと考えるようになったんですね」

中山が身を乗り出すようにして訊いた。とんだ暴走によって、捜査本部を外されたとは言え、中山がまだ事件に対する関心を失っていないのは、確かなようだった。

無紋はここで、中山の問いには直接答えず、紅林から聞いた柳の妻、郁子の死亡状況について初めて話した。死亡診断書を書いた紅林が、実際には郁子の死体を見ておらず、紅林自身が郁子の死に不審を抱いていることも説明した。

中山が、この無紋の話に勢いづいたのは当然だった。

「無紋さん、その情報、何でもっとはやく教えてくれなかったんですか。決まりですよ。柳が通り魔事件と関係があるのは間違いないですよ。というか、彼こそがその通り魔犯なんです。きっと理屈も何もないんだと思います。夫婦喧嘩で妻を殺害し、娘にまで裏切られたと思い込んでいるあの男は、やっぱり世の中の人間すべてを恨んでいて、誰でもいいから殺傷しているに過ぎないんじゃありませんか」

なたねも、その横で驚いたような表情でうなずいている。その日は、薄ピンクの長袖のワイシャツに黒のロングパンツというおとなしめの服装だった。

「いや、そんなに断定できる状況じゃないよ」

無紋は中山の興奮を抑えるように、穏やかに言った。通り魔事件とゴミ屋敷の点と点が繋がり、線になったとしても、そう単純な話ではないように思えた。無紋は、さらに言葉を繋いだ。

「まあ、それはともかく、まずは中山君の冒険譚《ぼうけんだん》を聞こうじゃないか。君のゴミ屋敷潜入記をできるだけ詳しく話してくれよ」

「できるだけ詳しく、ですか？」

中山は無紋の言葉を繰り返すと、ワイングラスを大きく傾けた。それから、おもむろに話し始めた。

「まったくひどい目に遭いましたよ。マスクを二重にして侵入しましたが、その素晴らしい臭いは二重のマスクを突き破らんばかりの威力で、思い切りクサい排水溝とトイレを足して、それに円周率を掛けたというレベルの臭いでしたね」

いきなり飛び出した意味不明なギャグに、無紋は呆れていた。何でゴミ屋敷の臭いと円周率が関係あるのだ。ただ、なたねはクスッと笑いながら、体を若干、中山の肩口に寄せている。中山の言うことなら、何でも笑う準備ができているという雰囲気だった。

「駐車スペースに、缶切り、はさみ、ワインボトル、釘などの、巨大な金属やガラスの山ができていて、その横には、悪臭の元凶と思われる、生ゴミが入っている袋が置かれていました。しかも、庭にも、いろいろな粗大ゴミ、例えば雨戸や本立て、それに自転車などがバリケードみたいに置いてあったんです。根性で、そこを乗り越え、ようやく庭の窓ガラスに辿り着き、そこから中を覗いたら、これまた中がすごいんです。布団や他の荷物だらけで、結局、何も見えませんでしたよ。そして、中から柳が現れ、俺を痴漢呼ばわりして、そのあとパトカーが到着して、ついに御用となった次第です」

中山はさすがに制服警官に一時的に身柄を拘束されたことが恥ずかしいのか、その部分については茶化した口調で、妙に簡略に話した。それはそれでいい。しかし、無紋にしてみれば、ゴミ屋敷そのものに関する中山の情景描写にはけっして満足していなかった。

中山の話を普通に要約すれば、部屋の中を外から覗かれないために、まるでバ、リ、ケ、ー、ドのように様々なゴミが置かれていたということだろう。しかし、無紋は、この点をもう少し詳しく訊きだす必要を感じていた。

「中山君、そうすると、駐車スペースに置かれていた缶切りやはさみなどの金属のゴミの巨大な山も、外の道路から見える状態だったんだね」

「それはそうです。まあ、駐車スペースにはそれだけじゃなく、段ボール箱や、冷蔵庫・テレビ・洗濯機といった資源ゴミ、粗大ゴミが道路にせり出すように置かれていましたけど、中央くらいの位置にある、缶切りやはさみなどの金属の山も、外からはっきりと見えていましたよ」

「なるほど。そして、庭の場合は家屋に近くなればなるほど、密に雨戸や本立てが置かれていたってことだね？」

「その通りです。ちゃんとは覚えていないけど、雨戸や本立てや自転車の他にも、隙間を埋めるようにここにも掃除機みたいな何らかの電化製品が置かれていて、窓のほうがほとんど見えないようになっていたんです。それに比べて、庭の道路に近い所は、物が置かれているものの、それほど密ではなく、明らかに窓の近くとは差があるんです」

　やはり、実際に入ってみなければ分からないものだと、無紋は思った。外の道路から庭を見る限り、様々な粗大ゴミが庭の全面を覆っているようにしか見えないのだ。

「だから、君からすると、庭に置かれている雑多なものは、部屋の中にある何かとてつもなく重要なものを隠すために、人々の視界を遮蔽しているように見えるわけだよな。そうすると、駐車スペースにある缶切りやはさみなどの金属の巨大な山や段ボール箱や粗大ゴミはどういう目的で置かれているのだろう？」

「それも人々の視線を遮る目的でしょ」

「どう遮るの？　だって、駐車スペースの奥には玄関があるだけで、その扉の中央に小さな長方形の窓があるけど、磨りガラスなんで中は見えないでしょ。だから、駐車スペースのゴミが奥の何かを隠しているようにも見えないんだけど」

「それはそうですけど」

中山は不満げな表情で、つぶやくように言った。だが、明らかに返事に詰まっている様子だった。中山に比べて、ゴミ屋敷を頻繁に訪問しているなたねは、無紋の言う意味を理解しているようで、大きくうなずいている。なたねが口を開いた。

「つまり、庭に置いてある粗大ゴミは確かに部屋の中にある重要な物を外から見られないようにするために配置されたと考えられますが、駐車スペースのゴミはむしろ外を通る人にあえて見せるために置いてあるということでしょうか？」

「いいとこを突いている」

なたねの発言に、無紋も大きくうなずいた。そして、言葉には出さなかったが、無紋は心の中で、そこには明らかな秩序が成立していると、つぶやいていた。

「もう少し正確に言えば、庭のゴミは部屋の中にある重要な物を隠すために置いたというふりをするための偽装であって、駐車スペースのゴミはまさしくそこに置いてある物は人々の目にさらされているというアピールそのものじゃないのか。だから、誰も、そんなところに重要な物が置かれているとは想像しない」

「無紋さん、言ってることが分からないんですが」

中山が諦めたような口調で言った。中山はこういうとき、とことん突き詰めて考えるタイプではない。すぐに答えを聞きたがるのだ。

しかし、無紋にしても、すべてを完全に確信していたわけではなかった。無紋自身が、つい最近まで、中山と同じように、ゴミ屋敷の室内にとんでもない物が隠されているという発想から逃れることができなかったのだ。

無紋はたとえ話で、中山の問いに答えることを選んだ。

「例えば中山君、温泉旅館で大浴場に行って、財布などの貴重品を部屋の金庫に入れるのを忘れて、持ってきてしまうなんてことがたまに起こるじゃないか。そこは恐ろしくひなびた温泉地で、ロッカーもなく、脱衣所には脱いだ衣類を入れるための大きなカゴだけが置いてあるとする。そういうとき、どうするのか？」

「私なら、いったん部屋に引き返し、貴重品を金庫にしまってから、出直します」

なたねが手を挙げて、即答した。無紋は思わず、噴きだした。

「そうか。確かに、それが正解だな。だが、模範解答に過ぎる。そうはしないで、そのまま大浴場に留まって、入浴するとしたら」

「それだったら、財布を持ったまま入浴するしかないでしょ」

今度は中山が面白くもなさそうに答えた。これはあまりにも現実味のない答えだった。無紋は財布などの貴重品を抱えたまま入浴している人間など見たことがなかった。

「部屋に戻らない前提なら、例えば衣類のポケットに財布を入れ、その衣類をわざと目立つように、カゴの中に残しておきます。その上に何かをのせて隠したりせず、思い切り無防備に見えるようにしますね。カゴを置くための棚があっても、そこにはカゴを入れず、直接、床の上に置いて、特に周囲の目を引きつけるようにするかも知れません」

なたねの答えに、無紋は大きくうなずいた。

「そう、それが正解なんじゃないか。そうしておけば——」

「まさか、そんなところに貴重品があるとは思わないから、窃盗犯が目を付けることもないということですか」

中山が、無紋の言葉を引き取るように言い、さらに言葉を繋いだ。

「だとしたら、無紋さん、あの缶切りやはさみの山の中に、同じ金属の、凶器の手斧が紛《まぎ》れ込んでいると言うんですか。今度の一連の通り魔事件では、手斧のようなものが用いられたことは明らかなのに、その凶器が見つからないばかりか、犯人がそれを手に入れた購入先についてもまったく情報が得られていません。だから、元々家にある物を使い、犯行後も自宅に隠してある可能性が高いというのが、捜査本部の見立てです。でも、それでもやっぱり家の中に、凶器を隠しておくほうが、外の金属ゴミの山の中に入れておくより、安全だと思うけどな。無紋さんも、そういう推測をする以上、室内にはもっと重要なもの、つまり、柳の奥さんの死体が隠されている可能性は否定しないんでしょ」

「いや、それは二律背反のテーゼだよ」

「無紋さん、難しいこと言わないでくださいよ。俺、そういう哲学的な表現、苦手なんです」

中山が辟易《へきえき》したように言った。だが、無紋は真剣な表情のまま、断言するように付け加えた。

「あの途方もない金属の山の中に凶器の手斧が交じっているとしたら、室内には死体はない。その二つは、両立することはない互いに矛盾した事象ということだ。つまり、家宅捜索すれば、どちらか一つしか見つからず、二つとも見つかることはないんじゃないか」

「俺にはさっぱり分からないですよ。なたねちゃん、分かる?」

中山の言葉に、なたねも真剣な表情で首を横に振っている。

「キーワードは行政代執行だよ」

無紋がつぶやくように言った。だが、無紋はそれ以上のことを説明する気はなかった。まだまだ調べなければならないことが多過ぎるのだ。

店内では、中森明菜《なかもりあきな》が歌う「飾りじゃないのよ涙は」が流れている。

第四章　逆説

1

二階の自室で、無紋は考え込んでいた。一階の居間からは、テレビのバラエティー番組の音声と、それを見て笑う里美と志保の声が聞こえてくる。

久しぶりに早めに帰宅し、食事を終えて午後八時過ぎに二階に上がってきたのだ。

窓際のデスクにはエドガー・アラン・ポーの小説『盗まれた手紙』が収録された文庫本が置かれている。大昔に読んだ記憶があったが、細部は覚えていなかったので、再読してみたのだ。短編小説だから、読み終えるのにそれほどの時間はかからなかった。

警察がどんなに徹底的な捜索をしても発見できなかった重要書類の盗まれた手紙を、安楽椅子探偵《アームチェアディテクティブ》のデュパンが、名刺入れの中に汚れて引き裂かれた状態で無造作に入れられているのを、頭の中の論理的な推理に頼って発見するという話だった。安楽椅子探偵という言葉は、このデュパンに始まるという説もあるらしい。

地道な調査と正当な論理の組み合わせを捜査の神髄と考えている無紋にとって、物語とは言え、基本的に肘掛け椅子に座ったまま、論理だけで事件を解決するデュパンが登場するこの作品や、同じポーの作品『モルグ街の殺人事件』は好みの作品とは言えなかった。しかし、今回の事件に限って言えば、自分自身の思考を整理するという意味で、この作品が役に立つという直感が働いていた。

つまりこの作品は、重要書類がどこかとんでもない秘密の場所に、厳重に隠されているという先入観が成立している場合、むしろ、人目に晒されている場所のほうが安全な隠し場所であるという逆説を描いているのだろう。無紋には、この話が柳のゴミ屋敷にも当てはまるように思われたのだ。

駐車スペースにある金属のゴミの山は、路上からも見ることができ、完全に人目に晒されていた。殺人も含む、五回の通り魔事件では手斧のようなものが凶器として使用されている可能性が高いのに、いずれの場合も、その凶器が発見されていないどころか、入手経路さえ分からなかった。

従って、自宅にあった手斧のようなものを凶器として用い、それを使用後も自宅に隠しているという捜査本部の見立ては正しいのだろう。その際、あえて外部から見える金属のゴミの山の中に手斧を紛れ込ませておくのは、一つのやり方だとは考えられる。

しかし、中山が主張するように、その程度のことなら、やはり、室内のどこかに隠しておくほうがより安全と言えなくはない。従って、手斧があの金属の山の中に隠されているとしたら、そうしなければならないもっと明確な理由があるはずなのだ。凶器をどんなにうまく自宅に隠しても、結局のところ、警察の家宅捜索が行われることになれば、それは簡単に発見されてしまう。犯人にとって、一番安全な方策は、使用された凶器を永遠に葬り去ることだろう。殺人の刑事裁判で被告が最終的に無罪となる場合、結局、凶器が特定できず、発見されてもいないケースが多いことを無紋は十分に知っていた。

凶器をあの巨大な金属のゴミの中に紛れ込ませるとしたら、当然、次のステップが用意されていなければならないのだ。無紋は仮に行政代執行が行われた場合、あのゴミ屋敷がどうなるのか、その情景を思い浮かべてみた。

そのとき、近隣住民、区役所関係者、警察関係者、ゴミ処理の業者などが集まり、ゴミ屋敷の内外は騒然とした雰囲気に包まれ、多くの人々でごった返すことになるだろう。その際、作業の手順から言っても、道路に近い駐車スペースのゴミが最初に運び出される可能性が高い。

そして、大型トラックで持ち出される不燃ゴミは、「不燃ゴミ処理センター」に運ばれ、鉄やアルミなどリサイクルできるものは除かれ、それ以外の不燃ゴミは破砕機《はさいき》で細かく砕かれることになる。

いずれの場合でも、それは永遠に物証としての凶器の形状が失われることを意味しているのだ。もし中山が言うように、柳が通り魔犯だとすれば、それこそが柳の狙いなのではないのか。

無紋は、『盗まれた手紙』の文庫本をデスクの隅に押しやり、今度は右横の小さな本立ての中から、『白龍《はくりゅう》』という大型の雑誌本を取り出して、デスクの上に置いた。付箋《ふせん》のあるページを開く。

この雑誌は警察庁採用のキャリア警察官のOBが原稿を出しあって発行されているもので、それぞれが現役時代の思い出を語る文章を寄稿し、それによって、過去の警察の歩みが時系列で分かるように構成されていた。いわば、警察の歴史を語る生き証人のような機能を果たす雑誌なのだ。

この雑誌を無紋に送ってくれたのは、すでに十年前に退職しているキャリア警察官の知人のOBだった。無紋が付箋を貼ったページには「職務質問の壁」というタイトルのエッセイが載っていた。書いているのは、無紋がまったく面識のないキャリアの警察OBだった。だが、その中のある文章に、無紋は注目していた。無紋はすでにその文を読んでいたが、改めて読み直してみた。

私が地域指導課長をしていた頃、地域部長から、「警察官職務執行法は、抽象的な文言が多く、実際の職務質問の際、あまり役に立たないから、もっと実践的なマニュアルを作れ」と指示されて、琉珀大学文学部の行動心理学の大家《たいか》柳隆三教授に御願いして、マニュアルの作成に協力してもらったことがある。

柳教授によれば、職質で一番重要なことは、職質の真の目的を巧みに隠蔽していながら、あくまでも公的な形式に違背《いはい》していないことだという。なかなかユーモアのセンスのある先生で、お会いしたとき、「悪事も公的なルールに沿って処理される限り、悪事ではなくなるでしょ。言ってみれば、公的なルールというのは、マネーロンダリングとして利用できますよ」と、笑いながら言っておられたのを覚えている。

もちろん、職務質問は悪事ではないが、言っていることは分からないでもない。悪人を取り締まるには、それなりのワル知恵も必要だということだろう。そうしてできたマニュアルは、今でも「ヤナギの迂回職質」と呼ばれ、警察官の職務質問に利用されているらしい。ただ、その詳しい内容は差し障りがあるので、ここではこれ以上、書かないことにする。

筆者自身が言っているように、「ヤナギの迂回職質」については、これ以上のことは他の部分でも触れられていない。もちろん、この雑誌は現役警察官や警察官OBの間でしか出回っていないものだが、寄稿者はそれなりに守秘義務を意識しているのだろう。

だが、「悪事も公的なルールに沿って処理される限り、悪事ではなくなる」というくだりを読んだ瞬間、無紋には閃くものがあった。

柳は行政代執行という公的なルールを利用して、凶器の手斧を公的に処分しようとしているのではないか。だとすれば、柳は行政代執行を回避しようとしているのではなく、むしろ、望んでいるのではないかと思ったのだ。

庭に様々な障害物を置いて、中が見えないようにしているのも思わせぶりで、隠蔽の偽装に過ぎず、実際には部屋の中には、死体などないのかもしれない。しかし、室内の奥深くに、妻の郁子の死体があると判断した警察が、行政代執行というルールを口実にして、実質的に家宅捜索を掛けてくるのを予想している可能性がある。いや、むしろ、そうなるように水を向けているとも考えられるのだ。

捜査本部が捜索差押許可状を裁判所から取って、家宅捜索を行えば、捜索対象は敷地内のすべてとなり、当然、室内にも及ぶが、行政代執行の場合は微妙だった。

普通は公道にはみ出している粗大ゴミなどの撤去に留まるが、悪臭の根源が、家屋の外にあるものだけではなく、室内にある物だと判断されれば、対象は室内にも及び、悪臭の根源となっているゴミを撤去することはあり得るのだ。

実際、行政代執行が行われる具体例として、各自治体が執行マニュアルに記している項目に、「悪臭被害の原因になっている家のゴミの撤去」というのがあり、これは必ずしも家屋の外にある物と限定されているわけではない。この部分は近隣の住民の訴えの内容に応じて、行政が柔軟に対応するのだろう。

「行政代執行法」という法律は六条しかなく、あまり詳細なことは書かれていないので、こういう場合、具体的な作業内容は各自治体の判断に委ねられている部分も多いのだ。

用心深い柳は、ひょっとしたら、捜査当局による家宅捜索と行政代執行の、どちらの場合も想定しているのかもしれない。仮に行政代執行になって、対象が家屋の外にある物だけに限定されたとしても、家の外のゴミが撤去される以上、柳の目的は達せられるのだ。

しかし、無紋は、家の中から流れてくる強烈な悪臭についても、近隣住民から訴えが出ている以上、行政側は少なくとも家の中に入って、監査を行わざるを得ないだろうと判断していた。

無紋はふっと窓の外に視線を向けた。微弱な街灯の光が、暗い道路を照らし、ひっそりとした住宅街のたたずまいが広がっている。

2

最初に殺された三十代で角刈りの被害者の身元がようやく割れ、能代孝義《のしろたかよし》という無職の男であることが判明していた。しかも、この男は単に無職というのではなく、佐野組の下部団体の末端の組員でもあった。

この情報は中山が徳松から訊きだし、それを中山が無紋に話したのだ。午後一時過ぎ、無紋と中山は生活安全課のデスクに横並びに座り、小声で話していた。なたねは総務課に書類を取りに行って、席を離れている。

能代の身元が判明したことにより、捜査本部の捜査方針は、思わぬ方向に大きく舵が切られたという。五件の通り魔事件は、実は佐野組による偽装通り魔事件で、本当のターゲットは田之上と能代であり、他の三人は偽装のために不運にも選ばれたまったく無関係な被害者だと、捜査本部は判断しているらしい。

「この説は、突然出てきたわけではなく、当初から、捜査本部の幹部たちの間で根強くあったんです。それで、ソタイとも緊密な連携を取っていたわけですが、ここに来て、能代の身元が割れ、最初に殺された男が佐野組絡みと分かったことで、そういう判断が決定的になったようです。無紋さんも知っての通り、ソタイは佐野組の壊滅に躍起になっていて、暴対法などのあらゆる法律を使って、佐野組を追い込み、最終的には組長のサノケンを逮捕しようとしていますからね。そして、その突破口《とっぱこう》は彼らが起こしたいくつかの凶悪事件より、むしろ、一連の投資詐欺事件にあると考えているらしいです。それで、刑事部長から、田之上の投資詐欺の被害者である、内海浩一という自営業者と溝口絹子という踊りの師匠が死亡した二件の事件の捜査を強化しろという指示が出ているんです。そのためには、二人の被害者が引っかかった投資詐欺の手口を解明する必要があり、そのキーパーソンが田之上というわけです」

　ここまで中山の話を聞くと、無紋には捜査本部が描いている捜査の青写真が見えてきた。それは無紋が完全には排除していなかった想定と、ある程度一致していたからでもあった。

「なるほど、田之上を殺害したのは、佐野組と対立する暴力団じゃなくて、佐野組自身ということか。サノケンは田之上が逮捕されて、佐野組との関係も含めて、洗いざらい自白することを恐れたってわけだな。実際、田之上は筋金入りのヤクザってわけじゃないから、すぐに口を割りそうだし、投資詐欺に関しては決定的な情報を持っているだろうからね。追い詰められたサノケンから見たら、確かに危険極まりない人物に見えるだろうな。少なくとも、佐野組と対立する暴力団による偽装通り魔事件と考えるより、そのほうがよっぽど説得力があるね。それと、今回身元が割れた能代って男の役割については、捜査本部はどう考えているの？　佐野組のしわざとするなら、能代が二人の投資詐欺被害者の死に関与している可能性があるだろ」

「その通りです。幹部連中は、日本舞踊の師匠殺害の実行犯じゃないのかと考えているようです。マンションの階段を駆け下りる男が目撃されているんですが、その面体《めんてい》がどうも能代に似ているらしいですよ。だから、この男も口封じで殺された。サノケンは、これまでも末端の組員など、自分の身が危なくなると、容赦なく身内でも消していますからね」

無紋は中山の説明に大きくうなずいた。やはり、捜査本部の見立てが、無紋の想像と大きく異なっているわけではなかった。ただ、その見立てが正しいかどうかは、また別問題なのだ。

中山は当然、無紋から聞いた紅林の証言を徳松に伝え、徳松もそれを捜査本部の中枢部に伝えていた。しかし、捜査一課長や管理官などは、一連の通り魔事件とゴミ屋敷に住む柳との関連は薄いと判断しているようだった。

その判断には能代の身元が割れたことも多少とも影響しているのかもしれない。末端とは言え、とにかく能代は佐野組に関連する人物なのだ。

ただ、捜査本部の中枢部がもう少し大局的な見方をしているのも確かだった。ゴミ屋敷は近所の人々やマスコミ、あるいは区役所や警察の監視に常時晒されているため、そんな中で柳が夜な夜な外出して、犯罪を行うことはほぼ不可能だという意見が大勢を占めていた。

しかも、犯行現場はバラバラな上、距離的にもどの現場も柳のゴミ屋敷からは相当に離れているのだ。

異臭の問題も、それほどひどいゴミ屋敷であれば、ネズミなどの小動物の死骸の臭いではないのかという意見もあった。それに、柳の妻の遺体が弁天代大通りの裏手にある幌山火葬場で焼かれていることが書類上確認されていた。火葬が確認されている死体が、依然として柳邸にあるとは、実際上は考えにくい。

現場に落ちていたソーセージのフィルムに思われるものが、柳がコンビニで買っている魚肉のソーセージのフィルムの一部であるというのも、まったく想像の域を出ないという意見が、やはり優勢だった。

実際、魚肉のソーセージなどそこら中で売られていて、多くの人々が購入している。だいいち、そんなものを食べながら、犯行に及ぶという事件の構図が、あまりにも不自然過ぎるという声も根強いのだ。

「そうすると、事件の様相はまったく変わってきたわけだね。田之上殺害のときに残されていた『次は、二十代の女だ』という血文字の予告文も、佐野組の偽装だってことになる。だったら、事件はもう起きないのか。佐野組がすでに目的を果たしたなら、そういうことになるね」

「ええ、そうです。ですから、あの予告文は、逆に事件終了宣言だったというのが、捜査本部の大方の見方だそうです。もっとも、幹部連中は、捜査本部がそういう見方をしていることを犯人に気取られないように、表向きは通り魔事件の予告に対して、厳戒態勢を取り続け、警戒しているふりをするつもりのようです」

「君はそういう見方に納得しているの？」

「ぜんぜん納得していませんよ」

中山が急に語気を強めた。ただ、小声は維持していた。

「だいいち、凶悪で知られ、これまで一般市民を巻き込んで、平気で殺傷をくり返してきた佐野組が、こんなに七面倒《しちめんどう》くさい殺人をやりますかね。確かに、生き残った三人が偽装のために選ばれた、何の関係もない被害者だとすれば、ひどい話ですが、ちゃんと命に別状はない状態に留めていますからね。そこらは、妙に紳士的とも言えるでしょ。佐野組らしくないな」

「それはそうだな。しかし、捜査本部の幹部たちの判断も分かるんだよ。実際、多くの人々に監視されている今の環境では、柳さんが夜な夜な外出して、殺傷をくり返すなんて無理なんじゃないの。境君だって、目的は違うとは言え、彼を尾行しているわけだからね」

「う～ん、そうでしょうかね。でも、現場に落ちていたソーセージのフィルムは絶対、犯人が落とした物だと俺は思いますけどね。捜査本部の大半は、これもやはり事件と関係のない通行人が落とした物だと考えていて、あまり重視していないようですけど。指紋が出ていれば、そこからまた突破口が見つかるかもしれないけど、鑑識の話じゃ、残念ながら指紋は付いてなかったそうです」

「ちょっと待って！　君、指紋のことなんて、これまで一度も話さなかったじゃないか。今、初めて俺に話したんだよ。どうしてなの？」

妙に真剣な無紋の口調に、中山は怪訝な表情だった。

「だから、指紋は付いていなかったんです。だから、どうしようもないでしょ」

中山は、未だに質問の意味を理解していないようだった。中山にとっては、指紋が出なかったというだけで、話は終わっているのだろう。

「そうじゃないよ。付いていないことこそが、重要なんじゃないの」

無紋がいつになく厳しい口調で言った。中山は絶句していた。無紋が言葉を繋ぐ。

「しかも、その食品包装フィルムの破片が落ちていたのは、二ヵ所で、それも両方とも殺人が行われた現場なんだろ。普通、ソーセージのフィルムを剝がして、それを食べれば、フィルムには指紋が付くだろ。それなのに、二ヵ所で発見されたフィルムのどちらにも指紋が付いていなかった。ということは——」

「犯人は手袋を嵌《は》めたまま、ソーセージを食ったということですか!?」

中山が、ようやく分かったというように、かなりの大声で言った。周囲の視線の存在などすっかり忘れているような反応だった。

課員の中にはちらりちらりと、無紋と中山のほうを見ているものもいる。暴走捜査が原因で、中山が捜査本部を外されたことは、課員のほぼ全員に知れ渡っているはずだった。

「無紋さん、柳の好物は魚肉のソーセージなんですよ！　それだったら、やっぱり、柳がどういう方法で、近隣の人々やマスコミや警察の監視を躱《かわ》して、あのゴミ屋敷を抜け出し、通り魔の犯行に及んでいたかを考えるべきじゃないですか！」

中山が早口でまくし立てた。その興奮状態は、一気に頂点に達していた。しかし、無紋は中山の興奮に巻き込まれることなく、冷静に応じた。

「ちょっと待って、中山君。俺の言っていることは、二つの殺人現場に落ちていた食品包装フィルムの切れはしが、おそらく犯人が落とした物だろうということだけだよ。それが、柳さんの好物の魚肉のソーセージのフィルムとは言っていない。それに、その点については、境君の言っていることが案外正しいのかもしれないよ」

「なたねちゃん、そのことについて、何か言っているんですか？」

なたねの名前が出たところで、中山はようやく冷静さを取り戻したように訊いた。声も、最初の小声に戻っている。

「魚肉のソーセージはふにゃふにゃし過ぎで嚙み応えがないから、これから犯行に及ぼうとしている人間が食べる物としては、不向きだそうだよ」

言いながら、無紋は「テソーロ」のカウンター席で、無紋の横に座って話す、酔っ払ったなたねの顔を思い出していた。あの場に中山はいなかったのだから、なたねがそういうことを言っているのを中山が聞いていないことも考えられた。

いや、あれは酔いによって出た発想で、なたね自身があの酩酊状態では、自分がそんなことを言ったことさえ覚えていないのかもしれない。

「そうか。なたねちゃん、そんなことを言ってるんですか」

中山が、考え込むように言った。やはり、中山は、直接には、そんな話をなたねから、聞いていないようだった。無紋ももちろん、それをどこで聞いたかを話すつもりはなかった。

「でも、捜査本部の大半の捜査員が、指紋のことに気づかないのは、おかしいですよね。当たり前と言えば、当たり前の話なんだから。もっとも、俺も気づいていなかったんだから、他人のことは言えないけど」

中山が不思議そうに言った。確かに、指紋のことはそれほど複雑な話ではない。

「否定の錯誤ということじゃないの」

無紋がさらりと言った。

「否定の錯誤？」

中山が、意味不明という表情で無紋の言葉を反復した。

「指紋が出たと言えば、それは誰の指紋かという風に、人の関心を普通に惹きつけるけど、出なかったという否定表現を聞くと、『ああ、それはがっかり』という風に、そこで話が終わってしまい、指紋が出なかったこと自体に含まれている重要な意味に気づかないってことだよ。そういう錯覚は日常生活でもよく起こるだろ。調査中の古墳から何かが発見されたとなると、『何が発見されたの？』と気になるけど、何も発見されなかったというと、人々はとたんに興味を失い、それ以上のことを考えなくなるものだよ」

中山は、無紋の説明にようやく「なるほど」という風に、何度かうなずいていた。日常生活の中で、中山も思い当たる節があるのだろう。ただ、中山としては、そのフィルムはやはり魚肉のソーセージを包んでいた物と考えたいようだったが、無紋は、今の段階ではその議論をする気にはなれなかった。

しかし、無紋自身は、この状況の中に、事件解決の一条《ひとすじ》の光を見いだしたように感じていた。やはり、その食品包装フィルムと思われる物に、指紋が付いていなかったというのは、無紋にとって、大きな情報だったのだ。

3

紅蓮《ぐれん》の炎が立ち上っていた。遠くで消防車のサイレンが聞こえている。火元は駐車スペースの、すぐ目前の路上に置かれた段ボール箱のようだった。

時刻はまだ午後八時を過ぎたばかりだったので、住宅街とは言え、そこそこの交通量があり、たまたま通りかかった車は、立ちのぼる煙と炎を警戒して停止し、自転車による通行者も怯えたような表情で、自転車を引いて火元からもっとも離れた狭い路上のスペースを通り過ぎる。

立ち止まったまま、携帯を使って、誰かに知らせている人々もいる。中には、一一九番通報した人もいるはずだ。

やがて、一台目の消防車が到着した。隊員たちが飛び降り、四人の消防隊員がホースを消火栓に繋いで、放水の準備を始めた。炎はさいわいなことにそれほどの広がりを見せていない。段ボール箱の中に入っている物は、小型扇風機などの電化製品で、可燃性の物ではないようだ。

だが、消防隊はすぐに通行禁止の措置を取ったため、たまたまそこを通りかかった車両や歩行者だけでなく、サイレンを聞きつけて集まった近隣住民や野次馬まで加わり、住宅街とは思えないような騒然とした雰囲気が醸し出されていた。

しかも、煙の臭いと目前の家の駐車スペースから立ちこめてくるように思われる異様な臭いのせいで、一時的に気分の悪くなる者も出たようだった。ただ、放水が開始されると、火はあっという間に勢いを失い、やがてほぼ鎮火された。風がほとんどなかったことが、それ以上の延焼を食い止めることに繋がったのかもしれない。

鎮火されると、消防隊員の慌ただしい動きも収まり始めた。一人の消防隊員が、片手で鼻を押さえながら、駐車スペースの右側にできている狭い通路から玄関に辿り着き、柳という表札を確認したあと、インターホンを押した。

「柳さん、火事ですよ。外に出てください」

消防隊員の大声が近隣に響き渡る。その声が三度くり返されたとき、ようやくカチッという音と共に、扉が開き、柳の顔が覗いた。

「うるさいんだよ。サイレンが聞こえてるんだ。言われなくても、火事なことくらい分かっている」

「一応、鎮火したんだけど、訊きたいことがあるんで外に出てきてくれませんか」

消防隊員のとがった口調に、柳は特には反応しなかった。やがて、動揺した様子も見せず、外に姿を現した。それから、路上に引き返す消防隊員の背中を追うように、体を横向きにして道路まで歩いた。薄汚れたズボンに色の褪せた長袖のワイシャツという服装が、相変わらず不潔な印象を与えている。

黒焦《こ》げになった段ボール箱からはみ出ている電化製品や冷蔵庫などの粗大ゴミが路上に散乱していた。さらには、大量の放水のあとで、路上は水浸《みずびた》しだった。

「ここにあるもの、みんなあなたのものですか？」

消防隊員が振り向きざま、強い口調で柳に訊いた。年齢は四十に近い感じで、この男が隊長だった。

「ああ、そうだよ。駐車スペースに置いてあったんだが、誰かが嫌がらせで、外に放り出した上で、段ボール箱に放火したに違いないんだ」

「このゴミ全部が、駐車スペース内にあったと言うんですか？」

消防隊長があり得ないという口調で訊いた。だが、この柳のゴミ屋敷について、あらかじめ情報を把握しているようでもなかった。警察ではないのだから、それもやむを得ないだろう。

「ああ、その通りだ」

「しかし、どう考えても、これだけのものが、ぜんぶ駐車スペース内にあったとも思えないんですがね」

柳は消防隊長の発言をまったく無視して、路上にかがみ込み、何かを拾い上げた。

「ほら、これを見てみろ。花火の残骸じゃないか。放火じゃないとすれば、近所のガキどもが段ボール箱をうちの駐車スペースから引っ張り出してきて、それを台にして打ち上げ花火でもしたんじゃないか」

消防隊長は手袋を嵌めたまま、柳から突きつけられた燃え焦げた筒らしい物を受け取った。確かに、打ち上げ花火の筒に見える。消防隊長は当惑した表情を浮かべ、徐々に柳のペースに巻き込まれている印象が生まれ始めた。

「通行止め、解除します。速やかにお通りください。立ち止まらないでください」

他の若い消防隊員が大声で叫んでいた。停止していた車や自転車、通行人が一斉に動き出す。ただ、依然として多くの野次馬や近隣住民がその場に留まり続けたため、交通は滞留《たいりゅう》し、騒然とした雰囲気は収まるどころか、むしろ、増幅されたように思われた。

次から次へと到着する消防車のサイレンが聞こえ続けている。この程度のボヤでも、動員される消防車は何台にも及ぶのだ。

その消防車のサイレンにパトカーのサイレンも交ざり始めた。

4

無紋は再び、「アロンゾ」で瞳と話していた。すでに区の住民課は、行政代執行を決定していた。この決定に対して、無紋が、多少とも慌てていたのは間違いない。しかし、状況を聞いてみると、その決定もやむを得ないと納得するしかない面があった。

「近所の小学生たちが、面白半分に路上の段ボール箱の上で打ち上げ花火をしたことが原因で、火災が発生しました。火事自体はほとんどボヤみたいなものでしたが、いつ同じようなことが起こるか分からないことから、区長も行政代執行を決断したんです」

その火災については、無紋ももちろん、詳細を知っていた。親がその子供たちを連れて交番に出頭し、厳重注意を受けたものの、ゴミ屋敷の現状を知っている弁天代署の生活安全課もあえて補導の措置は取らなかった。

少年事件も生活安全課の担当だったから、無紋が少年事件の担当係長と話し合い、行き過ぎたいたずらということで、口頭による厳重注意に留めたのである。

実際、あのような形でゴミが放置されていることを許しているのは、大人たちの責任であり、子供たちのいたずらだけを非行として非難するのは、いかにも不公平に思われたのだ。

無紋が問題を整理するように話していた。瞳がいつも通り、生真面目な表情で耳を傾けている。

「その判断はよく分かるんです。今回は、たまたま子供たちの花火でしたが、次は通行人のタバコのポイ捨てで、火災が起こらないとも限りませんからね。今回のようにボヤ程度で済めばまだいいけど、大惨事にならないという保証はありません。ところで、予算はどうなったのでしょうか？　やはり、区の予算を使うのもやむなしということになったのですか？」

「いえ、そうではありません。近所の住民の方が、その費用くらい負担すると申し出てくれました。それで、行政代執行の話が急速に進行したということもあるんです」

無紋は慎重に瞳の表情の変化を窺っていた。瞳にしてみれば、行政代執行が決まって、いかにも複雑な心境に陥っていることは容易に想像がついた。住民課の担当職員としては、職責を果たしたという気持ちがないとは言えないだろう。

だが、柳はなにしろ、瞳の父親なのだ。その父親の家、いや、自分の家でもある場所が、行政代執行の対象になることに、心穏やかでいられるはずはない。

無紋は、瞳の複雑な感情を理解することには大いに関心があった。しかし、無紋はそういう好奇心をぐっと抑えて、具体的な質問をし続けた。

「その費用を負担してくださる人は、どんな方なんでしょうか？」

この質問に瞳はやや当惑した表情を浮かべ、それからいかにも申し訳なさそうに言った。

「すみません。ご本人が絶対に名を明かさないで欲しいと希望されているので、いくら警察の方と言っても、お教えできません。それが住民課の内規にもありますので」

「なるほど、個人情報の保護という点では、それはそうでしょうね。申し上げにくいのですが、その方もあなたのお父さんに恨まれるのを恐れているというか――」

「そうだと思います。その方が費用を負担することが分かれば、行政代執行なんか絶対に許さないと言っている父から、どんな嫌がらせをされるか分かりませんので、その方が匿名《とくめい》を希望されるのは当然です」

無紋にとって、ここが議論の最大のポイントだった。瞳の発言とは相反して、柳が行政代執行を望んでいないようには、無紋には見えないのだ。もちろん、父親が通り魔犯などとは瞳がつゆ考えていないとしたら、柳の演技を額面通りに受け止めているのかもしれない。

しかし、無紋もさすがに瞳に対して父親が通り魔犯である可能性に言及して、その意見を求めるような無慈悲な言動を取ることはできなかった。繊細な瞳をこれ以上傷つけるのは、無紋の本意ではない。

「そうですか。まあ、その方の気持ちも分からないではありません。それで行政代執行の日にちは決まったのでしょうか？」

無紋はそれが誰なのか、瞳から無理に聞き出す気はまったくなかった。ひょっとしたら、紅林あたりに訊けば、案外、あっさりと教えてくれるかもしれないのだ。

「はい、すでに区からゴミの撤去命令が出ていますが、それに応じなかった場合は、六月十四日に行政代執行が行われることになっています」

あと一週間後だった。無紋は、全身に軽い緊張を覚えていた。

「その場合、代執行の対象は、公道にせり出している敷地外のゴミに限られるのでしょうか。それとも室内の物にも――」

「その点については、区の顧問弁護士の先生とも相談しています。家屋の外にある物については、公道にせり出している物に限定してもたいした量ではなく、すぐに元の木阿弥《もくあみ》になってしまいますので、駐車スペースや庭にあるすべての物が撤去対象になります。そこに置いてある物のひどい悪臭と異様な外観で、近隣に著しい悪影響を与えているという説明が付くため、弁護士の先生もそれで問題ないとおっしゃっています。室内については、もちろん、すべての物を撤去するわけにはいきませんが、中に入って監査を行うことはできるそうです。近隣の住民から室内から漂う悪臭についても多数の苦情が来ている以上、それはやらざるを得ないと考えています。その結果、悪臭の根源になっている物や、明らかに外から不法に持ち込んだ物は撤去されることになるはずです」

「明らかに外から不法に持ち込んだ物、ですか？　それはどうやって判定するんですか？」

「私が室内に入りますので、家に元々ある物か、そうでない物なのかは分かると思います」

そういうことか。そうだとしたら、その行政代執行には、きわめて特殊な個人的事情が絡んでおり、やはり普通の行政代執行とは違うと無紋は感じていた。

「まあ、具体的な実施方法の問題は置くにしても、あなたは行政代執行という今回の区の判断に対して、本当にそれでいいとお考えなんでしょうか？」

無紋は本題に戻すように訊くと、じっと瞳の顔を見つめた。あえて漠然とした質問にしたところはある。しかし、瞳は間違いなく、無紋の質問の意図を分かっていたはずだ。

その日、瞳は薄いオレンジの半袖のワンピースを着ていて、いつもよりは明るい服装だった。無紋は、再び、骨相学的に見て、その顔の造形が誰かに似ていると思ったが、やはり具体的には思いつかなかった。

「いいか悪いかではなく、区長判断だから仕方がないと思っています。私も何とか父を説得しようと努力してきましたが、これが限界です。父の言動はますます異常になっており、これ以上、ご近所の方にご迷惑をおかけするわけにはいきませんから」

そう言うと、瞳は深いため息を吐いた。心の奥底では、それでいいと思っているわけがない。区役所の住民課で長年、住民の苦情に対処する仕事をしてきた瞳にとって、自宅が父親のせいで行政代執行を受けるなど、これ以上の屈辱はないだろう。真面目な瞳にとって、それがいかに精神的な打撃となるか、無紋には容易に想像がついた。

無紋は瞳の心情を思うと、同情を禁じ得なかった。これ以上、執拗に瞳にさまざまな質問をぶつけて苦しめるのは、もうやめるべきだという思いは当然あった。しかし、一方では、自己嫌悪を感じながらも、こだわり無紋としての性格を抑えきることも不可能だと感じていた。

「ところで、お父さんは、郁子さんが亡くなったとき、幌山火葬場で火葬証明書を取っているんです。区役所にお勤めしているあなたは当然ご存知でしょうが、これは通常、区役所が出す火葬許可証を紛失したときに取るものらしいですね。ということは、お父さんは、火葬許可証を紛失したということでしょうか？　その点についてお父さんから、何か聞いていませんか？」

無紋の質問に、瞳はすぐに答えず、目の前のコーヒーカップに手を伸ばし、一口飲んだ。コーヒーを飲んで、自分を落ち着かせようとしているように見えた。

「いいえ、父からは何も聞いていません。でも、納骨のときなどに、火葬許可証か火葬証明書が必要ですから、おっしゃるように火葬許可証を紛失したのかも知れませんね。昔から、父は書類の保管は苦手で、重要な書類をなくすことも珍しくはありませんでしたから」

瞳の言葉は、どこか言いわけがましく聞こえた。無紋は違和感さえ覚えていた。父親が通り魔犯だとは思わないにしても、瞳自身が母親の郁子の死について、父親を疑っている可能性は、やはり否定できなかった。

「お母様のご遺骨は、どこに納骨されているんでしょうか？」

「静岡《しずおか》県の富士霊廟《ふじれいびょう》です。父親は元々、静岡県の出身で、そこが先祖代々引き継がれてきた柳家の墓になっているんです。ただ、納骨も葬儀社に代行してもらったと父は言っていました」

「そうなんですね。郁子さんが亡くなったのは、今から一年前とのことですから、そのあと、あなたは当然、そのお墓をお参りしていらっしゃるのでしょうね」

「ええ、一度だけ行っています。本当はもっと行かなくてはならないんですが」

そう答えた瞳の声に、元気がなかった。その表情もいかにも精気を欠いていた。

「やはり、いろいろとお忙しかったんですか？」

無紋は瞳の気持ちを慮《おもんぱか》るように優しく訊いた。

「もちろん、ゴミ屋敷問題で、父との確執が続き、その対応に追われていたこともあります。でも、正直に言うと、あの霊園で母が眠っているということに何だか現実感がないんです」

ここで瞳は言葉を止め、上目遣いに無紋を見た。無紋は何故か、その言葉に冷や水を浴びせられたようにぞっとしていた。

無紋は思わず視線を逸らし、窓の外を見た。午後三時過ぎ、初夏の日差しが店内に差し込み、フロアの所々に淡い陽だまりを作っている。

「あの──誠にヘンな質問で恐縮ですが、一度お墓にいらっしゃったときに、お母様の骨壺は確認なさったのでしょうか?」

無紋はここでは大胆な質問が必要だと判断していた。瞳は一瞬視線を落とし、ほとんどかすれた声で、力なく答えた。

「富士霊廟はお墓の団地のようになっていて、柳家のお墓の場合、墓石の下に骨壺を入れるスペースがあり、そこが納骨室と呼ばれているんです。ですから、その納骨室を開いて、母の骨壺を確認しました」

奥歯に物が挟まったような微妙な言い方だった。霊園において、骨壺の保管方法には、二つの形式があることは無紋も知っていた。墓地とは別に納骨堂があり、そこに骨壺が一括して保管される場合と、墓地の墓石そのものの下に納骨室があり、骨壺が個別に保管される場合があるのだ。

おそらく、富士霊廟の柳家の墓は後者の形式なのだろう。だとすると、瞳にとって、それほど他人の目を憚《はばか》ることなく、骨壺の蓋を開いて中を改めることもできたように思われた。もちろん、そんな質問がいかに失礼であるかは、無紋にも分かっていた。だが、訊かずにはいられなかった。

「骨壺を確認したというのは、骨壺が納骨室にあるのを確認したという意味ですね。骨壺の中に遺骨があるのを確認したという意味じゃなくて」

我ながら回りくどい質問だったが、これが一番正確な訊き方なのだ。

「ええ、骨壺の中までは確認していません。他のご先祖様の骨壺と同様、母の骨壺もそこにあるということを確認しただけです」

瞳はようやく落ち着きを取り戻したように、事務的な口調で答えた。確かに、そういう場合、骨壺を開けて中の遺骨まで見る人間は少ないのかもしれない。ただ、瞳が母の死に方に強い疑念を持っていたとしたら、そうするほうが普通ではないのか。

無紋は果てしもない想像力を巡らせていた。やはり、母親が病死ではなかったのではないかと瞳が疑っているのは確実に思えた。父親が何らかの理由で、郁子を殺害し、あの家のどこかに死体を隠していたとしたら、当時、同居していた瞳が疑念を抱かないはずがないのだ。

夜中に柳が娘の瞳を怒鳴りつける声が、近隣に響き渡っていたというのも、柳が故意にそうすることによって、家の中の異変に気づく可能性のある危険な娘を追い出そうとしていたとも考えられる。

今度の行政代執行に瞳が何の抵抗も示さないのは、もはや諦念《ていねん》の心境に達していて、行政代執行の結果、母親の死体が発見されて、事件が表沙汰になるのをかえって望んでいるのではないか。もし行政代執行の結果、母親の死体が出てくれば、富士霊廟にある骨壺は偽装ということになる。

しかし、もしそうだとしたら、それは無紋が描く事件の青写真と根本的に異なるのだ。無紋は、依然として柳が、むしろ行政代執行を望んでいるという想定を捨てていなかった。

行政代執行という法律に基づく行為が、ゴミの撤去に見せかけながら、実は真の目的は凶器の公的な処分にあるというのは、「ヤナギの迂回職質」の神髄を見事に反映しているとさえ思われるのだ。

「いや、失礼なことをお訊きして、申し訳ありませんでした」

無紋は矛を収めるように言った。実際、自分の思考を整理する時間が必要だった。

無紋はもう一度、瞳の表情を見つめた。瞳の視線は虚空に据えられ、その精気を失った表情は能面の逆髪《さかがみ》を想起させ、やはりどこか不気味に映っていた。

5

「なるほど。確かに納骨はされているのですね。分かりました。ご協力、ありがとうございました」

無紋は、丁重に礼を言うと電話を切った。瞳と二時間程度話したあと署に戻り、早速、富士霊廟に電話したのだ。幌山火葬場には直接足を運び、火葬証明書の件を確認していたが、静岡県にあるその霊園には、まず電話を掛けてみた。

ただ、納骨しているという返事を霊園からもらったとしても、それにどれほどの意味があるのか、無紋は悲観的にならざるを得なかった。やはり、骨壺を開き、その中の骨のDNA鑑定でもしない限り、郁子の納骨が確実に行われたとは断言できなかった。

もちろん、それをするためには、捜索差押許可状を裁判所から出してもらう必要があり、今の段階ではそんな請求が行えるような根拠はまるでなかった。あるいは、無紋が瞳に頼み込んで、一緒に富士霊廟に出かけ、任意で骨壺の中を見せてもらう方法もあるが、さすがにそんなことは言い出せなかったし、そんな途方もない提案に瞳が同意するとも思えなかった。

無紋は、骨壺の中の空間を思い描いていた。仮に偽装だとしても、柳が骨壺を空っぽにしておくというのも考えにくかった。何かの遺骨らしきものは用意しているに違いないから、いずれにせよ、科学鑑定が必要になるのだ。従って、やはり捜索差押許可状を持っていない限り、あるいは瞳の任意の協力がない限り、結論を出すのは実質的に不可能だった。

それに、これが無紋の単なる妄想である可能性がまったくないとも言いきれなかった。郁子が話の通り病死していて、その骨が富士霊廟の柳家墓地の納骨室に保管されている可能性を根底から否定する明確な根拠は、まるでないのだ。

無紋の思考は、メビウスの輪のように、永遠の堂々巡りをくり返した。要するに、納骨という物証から、郁子の死の真相に迫るのは、今の段階では無理筋という他はなかった。

無紋はふと腕時計を見て時刻を確認した。すでに午後六時近くになっていた。課長席の葛切は早くも帰り支度を始めている。

午後七時から始まる夜間体制に入るまで、どの課の課長も署内に留まることが多いのだが、葛切の場合は、たいてい一時間前には課長代理か無紋に任せて帰ってしまうのだ。

中山もなたねも富川も別の事件で外に出ているため、夜間体制の始まる午後の七時まで無紋がそこを動くわけにはいかない。そのとき、葛切が立ち上がり、無紋のデスクのほうに近づいてきた。

「無紋君、今日は暇そうじゃないか。今から、飲みに行かないか？」

さすがの無紋も啞然としていた。各シマの事件への対応体制をまったく分かっていないような発言だった。だが、いかにも葛切らしい。

「課長、今、うちのシマは私しかいませんから、ここを離れられないんです。課長はどうぞお帰りになってください。私がどうせ七時まではここにいますから」

「そうか。君も大変だな。中山のような不埒《ふらち》なやつを君のシマに抱えてるんだからな」

「課長、中山君のことはもう許してやってくださいよ。彼も捜査熱心なあまりやったことなんですから」

「いや、今回の件をとがめ続けているわけじゃない。署長も厳重注意なんて、ほとんど意味がないけど、俺も監察にならって、一応注意しとくよと言って、笑っていたくらいだから。ただ、中山を許せないのは、あることないことで、あいつが俺の悪口ばかり言ってることなんだ」

「中山君が課長の悪口を？」

無紋はとぼけた口調で訊き返した。確かに中山が葛切のことを揶揄《やゆ》する言葉を吐くのは、無紋も日常的に聞いていた。

しかし、中山は誰彼構わず他人を悪しざまに言うことはあるが、そう言ったからといって、その人物のことを言葉ほどに嫌っているわけではないのだ。葛切のことでさえ、中山が心から嫌っているとも、無紋は思っていなかった。

「そうだよ。一番許せないのは、俺があいつの天丼をタダ食いしたとそこら中で言いふらしていることだ。俺は六百七十円払っているから、タダ食いじゃない」

無紋は、思わず噴きだしそうになるのをぐっと堪えた。ただ、葛切の表情は真剣そのものだった。確かに、葛切はしつこいことでも天下一品なのだ。

「ああ、その話なら知っていますよ。課長がただ、出前の天丼とざるそばを取り間違えただけでしょ。中山君だって、そんなことは分かっていますよ」

「いや、俺は確かに天丼を注文したんだ。ただ、『マシマシ亭』のバイトがあんまり自然に俺のデスクにざるそばを置くもんだから、思わず受け取って、その代金を払っちゃったんだ」

「まあ、課長、そんなことはたいしたことじゃないですから、中山君のこと、よろしく頼みますよ。彼だって、今回の捜査本部事件で課長に迷惑を掛けたことについては、申し訳ないと思っているんですから」

「そうか、君がそう言うんだったら、俺も君の顔を立てないわけにはいかんだろうな。だが、中山を見てると、どうも俺の息子たちを思い出すから、嫌なんだよ」

葛切にしては、意外な発言だった。無紋とはある程度話すと言っても、葛切が家庭内のことに触れることはほとんどなかった。

「課長は、息子さんお二人でしたね」

「ああ、二人とも大学生で、金がかかるばかりでどうしようもないやつらさ。俺に授業料を出してもらっているくせに、ことあるごとに俺に楯突き、女房に味方しやがるんだ。そのくせ、見た目は俺にそっくりだから、最悪だよ。そこが中山とはまったく違うところだから、ますますしゃくに障る。中山はカッコいいことを売りにし過ぎだよ」

無紋は苦笑した。葛切も、中山が容姿に恵まれていることは認めているのだ。しかし、中山がカッコいいことを売りにし過ぎというのは違うと、無紋は思った。中山は、そういうことを極力見せないタイプだった。ただ、周囲の女性が騒ぐので、仕方がないところがあるのだ。

それにしても、葛切の自虐的な発言も珍しかった。たいていは、単純な自慢話が多い男だった。ただ、この点については、中山が総務の河村から聞いたという意外な話が、無紋にも伝わっていた。

葛切の妻は、葛切より十歳も若く、現在四十六歳で、かなり美人だというのだ。従って、その話も、自分の妻が美人であることを暗に仄めかしているとも取れた。

「それにしても、無紋君」

無紋が黙っていると、葛切が調子づくように話し始めた。

「骨相学的に言うとどうなの？　どうして息子の容姿は父親に似て、娘の容姿は母親に似るんだろうね。そう言えば、君のところは娘さん一人だったね。君のところもやっぱり、奥さんのほうに似ているのかな」

「さあ、それはどうでしょ。客観的に同性のほうが似やすいということはないと思いますよ。でも、同性の方が、その相似性が際立つとは言えるんじゃないでしょうか。骨相学というのは、頭蓋骨の形だけで見極めるもので、男女差に関係なく、客観的なものです。ただ、同性だと似ているように見えるという主観性が介入するということじゃないでしょうか」

葛切はきょとんとした表情だった。

「君の言うことはどうも哲学的でいかんな」

葛切はつぶやくように言い、自分のデスクに戻って、中断していた帰り支度を再開した。

そのとき、警視庁通信指令センターの無線が流れ始めた。

「本部より、各局。弁天代区弁天代二丁目三十五番の、赤尻地区のソープランド『夢《ゆめ》殿《どの》』の店長より入電。客が従業員に、持参した魔法少女のコスプレ衣装の着用を求め、拒否されたために激高し、叫び続けている模様――」

室内では、軽いざわめきと含み笑いが起こっていた。だが、無紋はまずいなと感じていた。無紋のシマは無紋以外、すべて出払っているので、署内の独自無線で出動要請が出れば、無紋自身が現場に行かなくてはならなくなる。

魔法少女か。勘弁してくれ。無紋は心の中でつぶやいていた。

たいていは、地域課か自動車警邏隊のパトカーが先着し、それで解決すれば、無紋が行く必要はなくなるが、それでも揉め続ければ、独自無線の出動要請が流れるはずだ。

こういう場合、普通は課長か課長代理が、無紋が戻るまで残るのが普通だったが、葛切はすでに帰る気満々なのだ。

無紋が葛切の横に座る課長代理の顔を見ると、大きくうなずいている。大丈夫だ。俺が残るからと言っているように見えた。

無紋も感謝の意味を込めて、大きくうなずき返していた。

無紋はその日は、珍しく午後八時半頃から、自宅のリビングで夕食を摂っていた。結局、ソープランドで発生した揉めごとはたいしたことにはならず、パトカーの乗員だけで解決していた。

6

志保も大学から、ほぼ同じ時刻に帰宅しており、里美も含めて、珍しく家族三人での食事が始まっていた。夕食のメニューは、無紋の好物であるピーマンの肉詰めとソーメンだった。

無紋は、晩酌として、缶ビールを飲みながら、まずはソーメンに手を付けていた。その日の最高気温は二十七度近くになっており、そろそろ本格的な暑さが始まりそうな予感があった。

里美と志保はテレビのクイズ番組を見ながら、おしゃべりをしている。その二人の表情を見ながら、無紋は考え込んでいた。署を出る前に、できることは済ませた。診療が終了する午後七時過ぎに、紅林に電話して、行政代執行の費用を負担すると申し出た近隣の住民が誰であるか、尋ねてみた。

しかし、紅林もそういう申し出があったことは瞳から聞いて知っていたものの、その人物が誰であるかは知らないようだった。無紋と同じように、瞳に尋ねたが、やはり教えてもらえなかったらしい。

「まあ、この辺はそう先が長いわけでもない高齢者で、けっこう小金を持っている人もいますからね。行政代執行にいくら費用がかかるのか正確には分かりませんが、そう莫大な金額になるわけでもないでしょうから、それぐらい出してやるという人がいてもおかしくありませんよ。ただ、瞳さんの前では言いにくかったけど、それはやはり行政が負担すべき、金じゃありませんかね」

紅林は、そういう費用の負担を区側が個人の篤志《とくし》に頼っている現状に批判的なようだった。無紋も、その点については同じ意見だった。区長がその費用を出し渋っているる理由が、区議会で現在、他の予算執行に関連して追及を受けているからだとしたら、それはいかにも本末転倒《ほんまつてんとう》としか言いようがなかった。

「パパ、さっきから何をジロジロ、私とママの顔を見てるの。ちょっと気持ち悪いよ」

志保が笑いながら訊いた。無紋は不意を衝かれた気分になった。ジロジロとは、自分ではまったく意識していなかったのだ。ただ、頭の中では費用の負担を申し出た篤志家のことを考えながら、目は別の動きをしていたのは間違いなかった。

やはり、潜在意識の中で、葛切が言ったことが気になっていたのだ。そして、食事をしながら、会話を交わす里美と志保の表情を追い、目尻の下の頬の膨らみ加減が母《おや》娘《こ》の相似性を映していることを痛感していたのだ。

「どっちが美人か、比べているんじゃない」

里美がおどけたように言った。家庭内における無紋の逸脱行動には、それなりに慣れていて、特に驚いている雰囲気はなかった。

「へえ、そうなんだ」

志保が合いの手を入れるように、ますます茶化した口調で言った。

「その通りだよ。二人とも甲乙付け難い美女だから、未だに結論が出ないんで困っているんだ」

無紋は、熱意もなくとりあえず付き合うように、まるで台詞《せりふ》を棒読みする役者のように言った。

「クサっ！」

志保が言い、里美と声を揃えて笑った。だが、無紋は曖昧な笑みを浮かべただけだった。この会話の流れの中で、奇妙なことが閃いていたのだ。

このところずっと気になっていたことに、とりあえずの結論が出たように思えた。だが、その結論は、あまりに突拍子もなく、論理的根拠など皆無だった。骨相学は所詮、疑似科学に過ぎず、それは無紋がもっとも嫌っている刑事の勘に近いものだと、無紋は改めて思い直していた。

しかし、どこかに具体的根拠に至る突破口があるはずだ。無紋はさらに集中力を高めて考え続けた。

「パパ、何やってるの！　それ、めんつゆでしょ。ピーマンの肉詰めは、おソースを掛けるんでしょ」

志保の甲高《かんだか》い声が響き渡った。無紋はふっと我に返った。目の前のピーマンの肉詰めは、めんつゆの中に浸《つ》かっていた。

「パパ、考えごとしてると、目の前にある物を何でも掛けちゃうんだから。はい、この上から掛けちゃっても仕方ないよね」

志保がソースをピーマンの肉詰めの上から掛けた。まるで容赦はしないといわんばかりの言動だった。無紋はようやく正気に戻ったように苦笑した。奇妙な味になるのは請け合いだったが、無紋はまったく気にしていなかった。

「それと今日は、芋焼酎、それともジャックダニエル？」

「どっちでもいいよ」

「何言ってるのよ、パパ。飲むのは、私じゃなくてパパなのよ」

「じゃあ、芋焼酎でいい」

志保が呆れた表情で立ち上がった。冷蔵庫まで氷と水を取りに行き、グラスと芋焼酎を持って来てくれるのだ。近頃、里美に代わって、志保が父親のためにそういう世話を焼くことが多くなっているが、その分、口うるさくなってきたと無紋は感じていた。

志保が席を立ち、里美はクイズ番組を見て笑っている。無紋の思考は、また、元の軌道に引き戻された。

やはり突破口は一つしかない。あのこ、、、とを徹底的に調べてもらい、最後はやはり、科学の力に頼るしかないのだ。

第五章　共謀

1

徳松と話すのは久しぶりだった。徳松が、携帯で直接連絡してきて、無紋を七階の屋上に呼び出すのも珍しい。これまで二階の通路で待ち伏せしても無視され、中山を使って事件捜査に誘い込むことにも失敗したため、ついに電話で呼び出すという強行手段に出たようだった。

さすがに無紋も、この段階では徳松と話したほうがいいと判断していた。ただ、生活安全課を出てくるとき、中山も誘っていた。

そもそも無紋は当初、ゴミ屋敷問題と捜査本部事件は無関係としか思っておらず、ひたすら捜査本部事件に巻き込まれるのを避けてきたのだが、今や、二つの事柄に何らかの関係がある可能性も、無視できなくなっていた。

従って、ゴミ屋敷問題の解決を目指す無紋が、捜査本部事件を避ける根拠が希薄になってきたのだ。だが、この段階で、久しぶりに無紋と徳松が直接会話を交わすことが、署内的にはかなり注目されるのは、間違いなかった。逸脱刑事という異名は、常に無紋について回るのだ。

会話の内容を聞かれたくないというのであれば、二階の生活安全課の廊下で十分なはずだが、今回は会っているところも見られたくないということなのか。

五階の会議室に捜査本部があるため、新聞記者がかなり頻繁にうろついており、気楽に立ち話ができる環境ではなくなっていた。しかし、倉庫のある七階は、死角のような場所であって、署内の人間でさえあまり出入りしない場所なのだ。

すでに十分に暑くなっていたが、屋上を吹き抜ける風のため、その熱気も幾分緩和されているように思われた。無紋、中山、徳松は、その強い向かい風を正面から受けながら、快晴の日差しのもとで、周囲のことを気にすることなく、普通の声で話すことができた。

「無紋さん、いったいこれはどうなってるんだ？」

その質問の意味は無紋にはすぐに分かった。捜査本部がおそらくもう起きないと予想していた第六の通り魔事件が起きていたのだ。しかも、徳松の口調は、まるでそのことで無紋を責めているかのようにさえ聞こえた。

もちろん、無紋はもう事件は起きないなどと一度も言っていない。「次は、二十代の女だ」という予告が偽装だとする捜査本部の見解が、さらに裏をかかれた格好だった。実際、襲われたのは二十代の女性らしい。

「被害者の職業は？」

無紋は徳松の興奮に巻き込まれることなく、冷静に訊いた。

「二十一歳の美容師だ。住宅街にある自宅アパートに戻る途中で襲われた。ストーカーの線も考えられるが、やはり手斧みたいなもので襲われたと被害者は証言しているからな」

「怪我の程度は？」

「たいしたことはない。やっぱり、全治二週間程度だ」

「その点は、見事に統一されてるじゃないか。殺す相手はしっかりと殺し、怪我をさせる相手は、みんな同程度の怪我に留めている」

「ああ、手斧の振り下ろし加減がよく分かってるんだろうな」

徳松が冗談とも本気とも付かぬ口調で言った。

「ところで、六度目の通り魔事件の発生で、捜査本部の雰囲気は変わったの？」

「一部の捜査員の間では、間違いなく変わった。中山の意見が見直され始めて、中山をもう一度捜査本部に呼び戻せって、声もあるんだぜ」

徳松は、そう言うとその大きな目で、無紋の左横に立つ中山のほうをじろりと睨んだ。

「冗談じゃありませんよ。絶対に戻りません。俺は懲戒処分を受けた人間で、その処分はまだ続いているんですよ。なにしろ、減給四ヵ月ですからね」

「そう言うなよ。俺は庇ったんだぜ。だいいち、あんなひどいゴミ屋敷を調べるのに、違法も合法もあるかってんだ。あの存在自体が違法じゃねえのか」

「まあ、それは中山君や俺に言うより、幹部連中に言ってくれよ」

無紋の皮肉な言葉に、徳松は顔をしかめた。徳松の威勢がいいのは、こういう場合だけで、本庁の中枢にいる人間の前では、案外体制寄りの発言をしているのは、無紋も知っているのだ。

だが、そういう徳松の処世術を無紋はけっして否定しているわけではなかった。自分自身は、そんな風には振る舞えないというだけなのだ。

「とにかく、捜査本部は、蜂の巣を突《つつ》いたような騒ぎさ。これまでの事件が佐野組のしわざなら、もう事件は起きないはずじゃなかったのか。ところが、しっかりと起きた。幹部連中は、これも佐野組の偽装だという見解らしいが、いくらなんでもそれはないだろうという声もある。だから、無紋さんや中山の意見を聞きたいんだよ」

「俺は付けたりでしょ」

中山がニヤリと笑って言った。

「そんなことはねえよ。お前の魚肉ソーセージの説も、徐々に浸透しているんだ」

「ということは、柳の通り魔説も復活してきたということですか？」

中山が真剣な表情になって訊いた。捜査本部を外されたとは言え、中山もやはり柳が犯人であるという考えには依然としてこだわっているようだった。

「まあ、復活というほどじゃねえけど、もう一度見直すべきだとの少数意見はある」

「それって、徳松さんの意見だけじゃないんですか？」

中山が突っ込むように訊いた。

「いや、あと一人か二人くらいはいるかも」

徳松が自信なげに答えた。無紋は思わず、失笑した。

「それで無紋さん、あんたの意見はどうなんだ？」

やはり、徳松が聞きたいのは、無紋の意見なのだ。

「捜査の攪乱《かくらん》だろうな。捜査本部の意見が割れるのを狙ってるんじゃないの。実際、捜査本部は混乱してるんだろ」

「じゃあ、やっぱり佐野組が通り魔の犯行に見えるように、まったく関係のない美容師を襲ったってことか？　それとも、佐野組がその美容師を金で雇って、演技をさせているのかい？」

「可能性としては二つとも考えられるが、おそらくどちらでもないだろうな。佐野組はもはや関係ないんじゃないの」

「予告通りのことが起こったからか？」

「いや、そういうことじゃない。俺も最近になって気づいたんだが、この通り魔事件には、妙に筋が通っているところもあるんだ。さっき言った被害者の怪我の程度といい、襲う場所といい、二つの殺人の被害者の死体の態様が違い過ぎることにも、それなりの意味があるんじゃないの。ちょうど、あのゴミ屋敷が何の脈絡もなく、ゴミを集積したように見せかけながら、実は意外な規則性が貫かれているようにね」

「言ってることが、分からねえぜ。ちゃんと教えてくれよ。捜査本部の、佐野組による偽装通り魔事件説は、崩れたとあんたは見てるのか。幹部どもは、まだその説を信じてるんだぜ」

徳松が苛ついたように言った。想定外の展開に、徳松自身が混乱の極致にあるのは、間違いなかった。

「まあ、それはいいさ。いずれ分かることだから」

無紋は何故か、それ以上の議論を避けるように言った。それから、付け加えるように訊いた。

「それより、あと三日で例のゴミ屋敷の行政代執行が行われるけど、来たくないかい？」

　さりげなさを装いながらも、意味ありげな質問だった。それはまるで、徳松の疑問に、そのときに答えると言っているように聞こえた。

「行っていいのか？」

　徳松が身を乗り出すようにしていた。徳松のほうも、無紋の誘いの重要性を直感的に感じ取ったのだろう。

　行政代執行の実施母体は区役所だが、弁天代署の生活安全課と地域課が協力態勢を敷くことになっている。刑事課の徳松が参加するのは、いささか奇異な印象を与えることは否めなかった。

「ああ、その代わり、生活安全課の課員であるふりをしてくれ。中山君も境君も参加するが、彼らには言い含めておく。あとは地域課の制服警官が数名来るだろうけど、あまり事情が分かっていないだろうから、改めて説明する必要はない。貫禄からして、彼らは君のことをセイアンの上のほうの人間と思うかもしれない」

「じゃあ、俺がクズのオヤジのふりでもしようか」

　徳松が幾分、茶化した口調で言った。

「いや、そういう嘘はいけないよ。俺の想像している通りのことが起これば、即、君の出番が来て、結局、捜査本部がそういうことを見越して、刑事課の刑事を潜入させていたということになるんだから」

「ということは、無紋さん、通り魔はやっぱり柳だと考えているんだな」

徳松の質問に、無紋は一瞬、間を置いた。それから、さりげない口調で答えた。

「いや、それは分からない」

徳松の目つきが鋭くなっていた。珍しくも無紋のほうから、行政代執行の現場に来るように誘ってきたのだから、何もないはずはないと、徳松は踏んでいるのだろう。

突風が無紋と徳松の間を隔てるように吹き抜け、無紋は一瞬、自分の体が宙に舞い上がるような錯覚を覚えた。次の一瞬、不意に、正気に戻ったような感覚に襲われた。徳松まで招いて、行政代執行の場に立ち会わせることが大きな賭けであることに今さらのように気づいたのである。

無紋は徳松から視線を外し、初夏の日差しの中で屋上から見下ろす視界の下に広がる、塵《ちり》と埃《ほこり》の舞い立つ、無機質な下町の街並みに、所在なげな視線を投げた。

2

六月十四日。その日は終日快晴で、最高気温も真夏と変わらぬ三十一・七度を記録していた。

行政代執行は午前八時過ぎから行われた。もっともこれは、正確に言えば、ゴミの片付け業者が区役所の担当者二名と共に、柳の自宅前に到着した時刻に過ぎない。区役所の担当者は、瞳以外には瞳の部下に当たる若い男性職員が一名だった。

それ以外に制服警官四名と、生活安全課からは、無紋と中山となたねの三人に加えて、徳松も立ち会っていた。もちろん、徳松は刑事課の人間だが、無紋との打ち合わせ通り、生活安全課の刑事という名目で参加していたのだ。

こういう場合、行政側はいきなり代執行に入ることはせず、まずはゴミ屋敷の主人の説得から始めるのが普通だった。実際、説得の結果、ときには、相手が素直に代執行に応じ、思いの外、ことがスムーズに運ぶこともあるのだ。

しかし、このケースの場合、異例だったのは、やはり娘である瞳に父親を説得させるのはあまりにも酷であるため、弁天代署の生活安全課が中心になってその説得を行ったことである。そして、その説得の中心にいるのはなたねだった。

「柳さん、ここはもうすっきりさせて、片付けちゃいましょうよ。そうしたら、出直そうという気持ちにもなれるはずです」

ジーンズとTシャツ姿のなたねの説得にも、柳はいつもの傲慢な笑みを浮かべただけだった。その日の服装は黒の上下のジャージだったが、繊維がほつれ、相変わらず汚れが目立っている。

柳を前にしての、執行書の読み上げは、区役所の男性職員によってすでに行われていた。路上に出てきた柳を前にして、この職員となたねが先頭に立ち、その周辺を四人の制服警官と徳松と中山が取り囲んでいる。その人だかりの少し前に、一台のパトカーが停まっていた。

そこから、三メートルくらい離れた所に、暗い表情の瞳と、その瞳に寄り添うように紅林が立っていた。瞳は左肩にやや大きめの黒のショルダーバッグを掛けているが、紅林は何も持っていない。

町内会長である紅林がその場に立ち会うことが求められているわけではないが、これまでの経緯から言って、そうせざるを得ないと判断したのだろう。無紋は、さらにその後ろにいて、むしろ、この騒動を遠巻きに眺めている近隣の人々や野次馬に近い位置に立っていた。

駐車スペースの前には、片付け業者の大型トラックが三台停まり、八名の作業員が路上に出て、着手の指示を待っている。全員がカーキ色の作業服を着ており、ヘルメットにマスク着用だ。

トラックの最後尾から、二十メートル行った先のT字路が通行止めになっており、そこで一名の制服警官が交通整理をしていて、そこから中に入ってこようとするすべての車両は、迂回を余儀なくされていた。これは要するに、道路工事のときと同じ扱いだった。

「おい、瞳、ちょっとこっちに来い。お前、父親をこんな目に遭わせて、恥ずかしくないのか。この恩知らずが！」

柳が不意に大声で怒鳴り始めた。一番近くにいるなたねなど、まったく眼中にないような態度だった。なたねも、こんな修羅場に慣れているわけではないので、かなり緊張した表情で、顔が紅潮していた。

「瞳、瞳、瞳。こっちに来い！　みなさん、うちの娘は本当に性悪《しょうわる》な女なんですよ。こうやって、父親の命を削っているんです！　これは行政代執行なんかじゃない！立派な殺人です！　みなさん、とめてください。うちの娘の瞳は、区役所の住民課の職員なんです。その娘が、こんな非人道的な行政代執行の先頭に立ち、父親を殺そうとしているんです」

絶叫に近い声で話す柳の表情は、いつもとは完全に変わっていた。銀縁の眼鏡を掛けた目が吊り上がり、顔面蒼白で、口からよだれのような白い泡を吹き出している。何かが、突然の憑依《ひょうい》のように顕現《けんげん》したとしか思えなかった。

その異様な絶叫に、それまで騒然としていた群衆は、凍り付いたように黙り込み、中には気分が悪くなって、その場を離れる者も出たようだった。

「柳さん、落ち着いてください」

瞳に向かって、突進し始めた柳を止めるため、なたねが両手を広げて、立ちはだかる。だが、なたねが突き飛ばされ、大きく後方によろけた。「やめろ」「落ち着け」すかさず、制服警官が前後から飛びかかった。双方の怒号が飛び交う。

動きを封じられた柳は、空中に浮き上がるような姿勢になりながらも、ものすごい形相で叫び続けた。

「瞳！　殺してやる！　ここに来い。父娘心中しようぜ。俺もお前と死ねるなら、本望だ」

無紋の目に、呼びかけに応じて、父親のほうに歩み寄ろうとする瞳を必死で止める紅林の姿が映っていた。

柳が正面に立つ制服警官の股間を激しく蹴り上げた。その若い警官は、鈍いうめき声を上げ、その場にしゃがみ込んだ。それを見た中山が、柳に正面から飛びかかり、巧みに両足を掬《すく》い上げるようにして、柳の体を路上に仰向けに押し倒した。

なたねも柳の拘束に加わる。ただ、徳松は、区役所の男性職員と共に一歩退いて、立ち尽くしているだけだ。やはり、生活安全課の拘束劇に、刑事課の自分が加わることは、好ましくないと考えているのか。それとも、見かけによらず、こんな乱闘は苦手で、ちゃっかりと安全な立ち位置を確保しているのか。

群衆の沈黙が破られ、再び騒然とした雰囲気が復活していた。まるで故障していたテレビの音声が不意に復活したかのようだった。

「あの爺さん、頭がおかしいんじゃないの」

「警察より病院に連れてったほうがいいんじゃない」

こんな無責任な放言が、瞳の耳にも届いていたのは間違いない。しかし、事情を知る近隣の人々はともかく、ただの好奇心で集まってきた野次馬がこんな心ないことを言うのは、やむを得なかった。

無紋が回り込むようにして、瞳の前に立った。瞳は父親と同様、顔面蒼白だった。白いマスクの上に見える目には涙が滲んでいる。黒のパンツスーツを着ており、それはどこか喪服を連想させた。

「撤去作業開始の指示を出してください。これ以上、混乱させないほうがいい」

無紋はできるだけ感情を抑えた、事務的な口調で言った。行政代執行の主体は、あくまでも区側であり、警察は円滑な実施のため手伝うだけという意識が働いていた。

「そうですよ。こんな修羅場は、すぐに終わらせましょう」

横にいた紅林が無紋に同調した。瞳は相変わらず呆然とした表情だったが、それでも意を決したようにうなずいた。確かに、誰が考えても、こんな修羅場は早く済ませてしまったほうがいいに決まっている。

無紋と瞳は、駐車スペースの前に立つ片付け業者の現場責任者の前まで移動した。

さすがに、紅林は遠慮したらしく、一緒に付いてくることはなかった。その間も、柳のわめき散らす声が続いていたが、群衆のざわめきも大きくなっていたため、その声も幾分遠ざかり、聞き取りにくくなっていた。

「作業に着手してください」

瞳が思ったより、しっかりした口調で言った。

「作業員の方は、どのように配置しますか？」

無紋の問いかけに、三十過ぎに見える責任者の男は幾分、怪訝な表情を浮かべた。無紋が誰か分からなかったのだろう。

「ああ、弁天代署の無紋と言います。ちょっとあらかじめ、手順を知っておきたいものでね」

無紋が警察関係者だと分かって、責任者は納得したように大きくうなずいた。

「公道と駐車スペースのゴミの撤去は五人で最初に行います。残りの三名は区役所の方と室内の状況をチェックします。外のゴミの撤去が終了した時点で、庭の粗大ゴミと、室内にある、搬出の必要な動産に取り掛かることになっています。ただ、室内にある、搬出の必要な動産がどの程度の量になるかは分かりませんので、外のゴミを撤去したあとの手順は、臨機応変に対応しようと考えています」

やはり、瞳の言った通り、区役所の職員が室内に入り、監査を行った上で、悪臭の根源になっている物や明らかに不法に持ち込まれた物は撤去されるのだろう。動産という言葉を使っているのは、室内にある物はゴミとは断定できず、こういう行政代執行の実施マニュアルでも動産という言葉が使われているためらしい。

ともかく、その予定に変更がないことを確認することが、無紋にとっては非常に重要だった。

「分かりました。では、今の段階で決まっていることは、とにかく公道と駐車スペースのゴミを最初に撤去することですよね。でしたら、路上の粗大ゴミからお願いします。道路交通上、危ない状況になっていますから、やはり、路上を先に片付けていただきたいですね」

責任者は、当然という態度で再びうなずいた。無紋はさらに質問を重ねた。

「それと駐車スペースの金属の山ですが、最初に仕分けのようなことをするんですか？」

「そうですね。仕分けと言っても、ここでは不燃ゴミかどうかを確認するだけです。もちろん、はっきりと可燃ゴミと分かる物が交ざっている場合は、取り除きますが、あとは不燃ゴミ処理センターに行ってからになります。鉄やアルミのようなリサイクル可能な物とそうでない物に分け、リサイクルできない物は破砕機で砕かれることになります」

無紋の予備知識通りの説明だった。であるなら、金属の山の撤去作業に取り掛かったら、その作業にはそれほどの時間も掛からないだろうと思われた。ざっと見たところ、明らかに可燃ゴミと思われる物はほとんど交ざっていない。

「手斧や金槌《かなづち》のように木製の柄《え》の付いているものは、ここで柄の部分は取り除くんですか？」

無紋はさらに念を押すように訊いた。無紋らしい細かな質問だった。

「いや、すぐに取り外せればいいのですが、たいていは取り外すのは難しいので、結局、不燃ゴミ処理センターで専用の器具で取り外すことになります。ここではそのまま回収することになるでしょうね」

「なるほど。それとこれはお願いですが、金属の山の処理は、外のゴミの中では、最後にしていただけませんか」

「ええ、仕事の手順から言っても、そういうことになると思います。最初に路上の粗大ゴミ、それから駐車スペースの粗大ゴミや段ボール箱、最後に金属の不燃ゴミという手順になりますから」

一部、悪臭の原因となっているビニール袋に入った生ゴミなどの可燃ゴミがあるが、それは他の不燃ゴミに比べれば、たいした量ではないため、カウントしていないようだった。

「分かりました。よろしくお願いします」

無紋の言葉が終わると、男が他の作業員に指示して、三人の作業員が瞳と共に駐車スペース横にできた細い道を通って玄関のほうに進んでいった。玄関に鍵が掛かっている場合は、どうするのだろうと無紋は思っていたが、どうやら瞳が依然として自宅の鍵を所有していたようだった。家を出たと言っても、鍵まできちんと父親に返したわけではないのだろう。

無紋の位置からでも、瞳が自分の鍵で玄関を開けて、作業員たちを中に誘導している姿が見えた。やはり、柳は外に出てくるとき、家の中に勝手に作業員に入られるのを嫌って、鍵を掛けてから出てきたに違いない。

瞳たちが中に入ったあと、さほど間を置くことなく、区役所の男性職員が玄関から中に入っていく姿が見えた。その男性職員も室内で、監査に立ち会うのだろう。

無紋と話した責任者の男は、他の四人の作業員と共に駐車スペースと路上を担当するようだった。無紋に便宜を図るために、そうするようにしたのかもしれない。あとで他の作業員に同じ説明をくり返さなくて済む分、それは無紋にとって、ありがたい対応だった。

瞳が無紋のそばからいなくなると、代わりに中山が近づいてきた。

「柳を公務執行妨害で緊急逮捕しましたよ。今は、手錠を掛けられて、パトカーの中で、比較的おとなしくしています」

柳のわめき声もいつの間にか聞こえなくなっていた。群衆の数も減り始め、この行政代執行劇のクライマックスはすでに過ぎ去ったかのような印象が生まれていた。だが、無紋にとって、本番はまだこれからなのだ。

「君も中に入ってくれ。その際、例のことに気をつけて」

「分かっています。任せてください」

中山が、意味ありげに答えた。マスクをしているせいか、その声は幾分くぐもったように聞こえる。

中山も無紋の前から消え、今度は徳松が近づいてきた。ジーンズにTシャツという軽装だった。

「せっかくだから、中に死体があるかどうか、俺も確かめてくるよ」

今度は徳松が冗談めかした小声で言った。徳松も特大のマスクをしているのがおかしかった。服装はグレーの作業服で、建設作業員風だから、色こそ違え、ゴミ撤去の作業員と間違えられそうだった。長袖のワイシャツに紺のズボンという無紋の服装とは対象的だ。

「三十分くらいしてから、いったん外に出てきたほうがいいよ。中より外のほうが面白いものが見られるかもしれないから」

「ああ、そうするよ。俺も窒息死したくねえからな。中はさぞかし臭いだろう。外のほうが風がある分、まだましなはずだ」

徳松も駐車スペースの通路に向かって歩き始めた。無紋はその背中を見送りながら、誰かを探すように周囲にせわしない視線を投げていた。

3

「無紋さん、緊張するとタバコが吸いたくなるんで、ちょっと離れたところで吸ってきましたよ。ここで吸うのはいかにも不謹慎のそしりを免《まぬか》れませんからね」

気がつくと、無紋の背後に紅林が立っていた。十分ほど紅林の姿が見えなかったことは確かだった。紅林も無紋と同じ、ズボンとシャツ姿だったが、薄ピンクのシャツが、やはりおしゃれな印象だった。

「今日の診療はいいんですか？」

無紋は紅林のほうに体を向け、腕時計を見ながら、気遣うように訊いた。すでに午前九時近くになっており、もうすぐクリニックの診療が始まる時間だった。

「いや、これは町内会長としては、絶対に見届けないわけにはいきませんので、午前中は緊急の休診にしましたよ。三時から始まる午後の診療に間に合えばいいと思っているんです」

「それは大変ですね。午後の診療時間までに、ここのゴミの撤去が終わるといいんですが」

中の状況を見ていない以上、無紋にもこの撤去作業に掛かる時間がどれくらいになるかは予想が付かなかった。しかし、外の部分の撤去作業は案外早く進行しそうだった。

無紋の面前では、駐車スペースの粗大ゴミや段ボール箱の撤去が行われていた。すでに路上の粗大ゴミはあらかた片付いた状態で、駐車スペース内にいくつかあった生ゴミの入ったゴミ袋もいつの間にか撤去されている。

これで悪臭は、幾分緩和されるに違いない。作業員としても、真っ先に悪臭の根源を絶って、作業をしやすくしたのだろう。しかし、金属の山の処理に至るまでは、まだ若干時間が掛かりそうだった。

「ところで先生、こんなときに何ですが、この前、先生のご自宅でいただいたサラミ、実に美味かったですね」

無紋が妙に明るい声で言った。行政代執行中の話題としてはふさわしくなかったが、紅林のほうは、サラミの味を褒められたことがよほど嬉しかったのか、満面の笑みを浮かべて答えた。

「気に入っていただいて、何よりです。あのサラミは実際、実にうまい。あなたのように味の分かる人に食べてもらえたのは、私としてはありがたい限りです」

紅林の口調はいつもと変わらず、柔らかで滑りがよかった。

「ところが、少々奇妙なことがありましてね」

無紋がいかにもさりげない口調で切り出した。

「実は、あのサラミを自分でも購入したくて、教えていただいた新宿の高浜屋デパートに電話してみました。ところが、スウェーデンから直輸入しているサラミは取り扱っていないというんです。あのデパートが扱っているサラミは、これだそうです」

無紋は無造作な仕草でズボンの右ポケットから、外袋に収まった一本のサラミを取り出した。

「これ、高浜屋のデパ地下の食品売り場で購入したんです。二本買って、一本はもう食べてしまいましたが、これも実に美味い。というか、その味は先生のところでいただいたものとそっくりです。しかし、このサラミは紛れもなく日本製で、群馬《ぐんま》県の伊《い》勢崎《せさき》市にある『富士川《ふじかわ》ハム』という会社の商品です」

紅林は無紋の差し出したサラミを受け取り、その外袋を一瞥《いちべつ》したあと、突然笑い出した。

「そうですか。すっかり勘違いしていました。あのとき、お出ししたのはまさにこのサラミですよ。私がスウェーデン製と言ったのは、実際、前にスウェーデン製のサラミを食べたことがあり、それも実に美味かったので、これもそうだと思い込んでしまったのかな。というよりは、正直に言って、少し話を盛ったのかも知れませんね。日本製というよりスウェーデン製というほうが高級感があって、美味そうに聞こえるでしょ。実際に、どちらのほうが美味いか分かりませんけどね」

そう言うと、紅林はさらに甲高い声で笑った。

「なるほど。それで納得しました。それなら、私の舌もまんざら当てにならないわけでもないということでしょうね」

無紋も、紅林からサラミを返してもらいながら、ことさら明るい声で応じた。それから、さらに言葉を繋いだ。

「先生のおかげで、私もサラミに興味を持ってしまい、ちょっと勉強させてもらいましたよ。サラミというのはイタリア語で、ドライソーセージの一つですよね。ところが、若い人はカルパスという言葉を使うほうが普通らしく、サラミという言葉を知らない人もいるそうです。私は逆に、カルパスなんて言葉は知りませんでした。カルパスっていうのは、ロシア語が元になってできた日本語だというのですが。そもそも、サラミとカルパスは同じものでしょうか？」

「ええ、大差はありませんよ。二つとも、ソーセージの表皮部分であるケーシングに詰め込んだ食肉を乾燥させて作るドライソーセージの仲間ですから。ただ、サラミの場合は、豚肉、牛肉、豚脂肪のみを原材料とするというＪＡＳ《ジャス》の決まりがあるんです。カルパスはそういう決まりがなく、どんな肉でもいいことになっています。ですから、サラミのほうが少し高級感があるというだけです」

「さすがにお詳しい！」

無紋は紅林の詳細な説明に、感嘆するように言った。それから、付け加えるように訊いた。

「では、先生は、カルパスもお食べになるんですか？」

「もちろん、食べますよ。スウェーデン製でなくても、デパ地下のサラミばかり食ってたら、お金が掛かってしようがないでしょ。それに、実際問題として、サラミとカルパスの味の違いなんか分かりっこありません。どっちも燻製《くんせい》といえば燻製なんですから」

紅林は、何やらそわそわした表情で言い終えると、前方に落ち着かない視線を投げた。無紋も、それに合わせるように前方を見る。

駐車スペースの粗大ゴミもあらかたトラックに積み込まれ、そろそろ金属の山の撤去が始まりそうだった。やはり、プロフェッショナルな集団で、その撤去作業の進行は予想以上に早い。

無紋がサラミを再びズボンのポケットにしまい、ゆっくりと正面の駐車スペースに向かって歩き始めた。紅林も歩調を無紋に合わせるように前進する。そのとき、無紋のスマホが鳴った。

無紋は胸ポケットから出したスマホをタップして、ラインを確認した。それで既読になるから、相手は無紋が読んだことが分かるのだ。無紋はメッセージを送ることなく、再び、スマホを胸ポケットに戻した。

しばらくして、玄関の扉が開き、瞳と中山と徳松が外に出てきた。駐車スペースの粗大ゴミがなくなっているため、三人とも自由に無紋たちの方向に歩くことができた。瞳は中の作業は男性職員に任せ、今度は外の撤去作業に立ち会うつもりなのだろう。

「こっちは早いですね。室内はなかなか大変そうです。臭いし、狭いし。生ゴミの入ったゴミ袋が大量にあるだけでなく、どう考えてももともとあったものとは思えない粗大ゴミもあり、撤去すべきかどうかの選別にはけっこう時間が掛かりそうです。しかし、特に異常はありません」

中山の報告に無紋はうなずいた。特に異常はないということは、死体はないという意味だと無紋は解釈した。中山も徳松もすでに三十分ほど室内にいたわけだから、怪しい痕跡があれば、何かを嗅ぎ出したはずなのだ。

無紋は、ここまでは自分の予想通りに、すべてが進行していると判断していた。

最初に無紋と話した責任者の作業員が無紋に近づいてきた。

「今からこの金属の山に掛かります。一応、ここの物を全部片付けないと、室内や庭の物を出せませんので」

「分かりました。それでお願いですが、この金属の山を片付ける際、手斧があれば、必ず私に見せていただきたいんです」

「手斧ですね。分かりました。いいな、みんな手斧は選《よ》り出してくれ」

責任者は、無紋の言葉に応じて、他の四人の作業員に指示した。責任者ともう一人の作業員がそれぞれ端《はし》を持って、超大型の麻でできたゴミ袋を広げ、他の三人が手袋を嵌めた手で、一メートルくらいの高さに達している金属の山から、一つ一つ取り出し、ゴミ袋に放り込み始めた。

はさみ。ホッチキス。ワインオープナー。のこぎり。釘。ペンチ。包丁。スプーン。フォーク。ナイフ。そういうはっきりと名称を特定できる物以外にも、何なのか特定不能な金属の塊も多数含まれている。金属と金属がぶつかり合う音で、その騒音は次第に激しさを増していく。

いつの間にか、あとから到着した複数のパトカーの乗員によって、黄色の規制線が張られ、群衆は無紋たちの場所からはかなり離れた位置に追いやられていた。

無紋、中山、徳松、紅林、それに瞳が作業する三人の周りを取り囲み、緊張した表情でその作業の進行を見つめていた。

無紋が作業の責任者に手斧を特に指定したことによって、瞳が無紋の考えていることをすでに察知したのは間違いないだろう。瞳も世間を騒がせている通り魔犯が、手斧で犯行に及んでいることを報道などで知っていないわけがない。

父親に通り魔の嫌疑まで掛かっていることは、この時点で明らかだったはずだ。瞳の表情も、ますます暗くなっているように見えた。

「ところで、紅林先生、さっきの話の続きですが、実は二件の通り魔殺人の現場に食品包装フィルムの切れはしが落ちていたんですが、最近になって、科捜研の分析で、それが『丸川《まるかわ》食品』の『北のかぶりつきカルパス』という製品の包装フィルムの一部であることが判明したんです。やはり、科学の力というのは、スゴいですね。フィルムの材質は、ナイロン、ポリエチレン、アルミ箔などの八種類でできているんですが、その組み合わせと含有量の違いで、どこの会社の何と言う商品か、分かってしまうんですね」

無紋はここで言葉を止め、紅林の表情を窺い見た。ぞっとした。目尻が吊り上がり、頬骨が奇妙に突き出た印象で、普段の穏やかな表情は完全に消えている。不意に角を伸ばしたカタツムリ。無紋は、その得体の知れない表情から、そんな言葉を連想した。

「カルパスやサラミを食べる人間なんて、いくらでもいますよ。仮に私が、その『北のかぶりつきカルパス』とやらを食べていたとしても、それがどうだと言うんです？　私がドライソーセージ好きだということが分かるだけで、何の意味もないじゃないですか。それともまさか、私がそのカルパスにかぶりついたあと、通り魔の犯行に及んだとでも言うんじゃないでしょうね？　そして、私が凶器の手斧をこの金属の山の中に、隠したとでも」

紅林がとがった声で詰問した。しかし、その声は幾分、上ずっている。

「厳密に言えば、隠したというよりは、この行政代執行を利用して、公的に処分しようとしたということではないでしょうか。もっとも、それはあなたの発想ではなく、柳さんの――」

そこまで言ったとき、無紋は、作業員たちの仕事がほぼ終わり掛けていることに気づいていた。今のところ、手斧どころか、形状的に似ている金槌でさえ出てきていない。山は小さくなっていて、一番下の地面も所々が見えており、手斧がそこにある可能性はもはやほとんどないように見えた。

「手斧はありませんね」

作業が終わると、責任者が再び近づいてきた。その場の緊張した雰囲気がそれとなく伝わっているようで、その表情も強ばっている。

「そうですか。ありがとうございます。では、それは運んでくださってけっこうです。それから、しばらく、トラックの近くで待機願います」

五人がその巨大なゴミ袋を運び去ると、無紋と紅林の視線が再びぶつかり合った。

「手斧などないじゃありませんか。あなたの想像が間違っていたことをお認めになりますね」

紅林が、勝ち誇ったように言い放った。だが、無紋は余裕の表情を失ってはいなかった。

「そうでしょうか？　中山君、君は凶器の手斧がどこにあるのか知ってるんじゃないの？」

無紋の言葉に、中山が大きくうなずいた。それから、一呼吸置いてから、ゆっくりとした口調で答えた。

「ええ、その中に入っていると思います」

中山が右手の人差し指で、ある物を指し示した。時間が止まったように、一瞬にして周囲の喧噪が消え、不意の静寂が訪れたように思われた。その指先の空間に、黒のショルダーバッグが浮かんでいる。

それを肩から掛けている瞳の表情が明らかに引きつっていた。

「瞳さん、これはもちろん、任意ですが、そのバッグの中を我々に見せていただけないでしょうか？」

　無紋の丁寧な言葉に、瞳は一瞬、凍り付いたように身じろぎしなかった。しかし、やがて冷笑的な笑みを浮かべて、妙に無造作にバッグのジッパーを開いた。その中から、全長三十センチほどの手斧が覗き、その刃先が直射日光に当たって、鈍い光を放っている。

「瞳さん、あなたはそのバッグの中に入った手斧を、いったん区役所に戻るとでも言って、なるべく早く外に持ち出したかったのでしょう。でも、それでは疑われることになると恐れて、いや、というか真面目な性格であるあなたは、外の作業をまったく見ないのはマズいと思って、中の監督はもう一人の職員の方に任せて、とりあえず、この現場に立ち寄ったんでしょう。でも、その一手間が余計でしたね」

　無紋の言葉に、瞳は冷笑的な笑みを崩さず、沈黙したままだ。

　白い手袋を嵌めていた徳松が瞳に近づき、バッグの中から、その手斧を取り出した。

「無紋さん、これはいったいどういうことなんだ？」

　徳松が手斧を手に持って見つめたまま、うめくように言った。どうやら徳松は中山ほどには、情報を与えられていないようだった。

「紅林先生、あなたがお使いになっていた凶器の手斧がこれですよね」

無紋は徳松の質問をまったく無視して、紅林に話しかけた。しかし、紅林は無紋から顔を背けただけだ。無紋が落ち着いた口調で話し続けた。

「要するに、柳さん父娘の不仲は、世間を欺くための壮大な偽装だったんです。二人は、仲が悪かったことなど一度もなく、今でもおそらく、とても仲がいい父娘でしょう。そうでなければ、こんな欺瞞を続けられたはずがありません」

無紋が確信を持てなかったのは、まさにこの一点だった。果たしてそんな途方もない親子関係の不仲の偽装に、演じている当人たちが耐えられるものなのか、見当がつかなかったのだ。

「でも瞳さん、この前お会いしたとき、柳家の墓の納骨室に納められた骨壺を確認しながら、あなたが蓋を開いて、中身を見なかったとおっしゃったとき、私は何とも言えない違和感を覚えたのです。お母さんの死因に不審を抱いていて、ご遺体が未だにこの家の中にあるのではないかと疑っているのであれば、骨壺を前にしたら、やはり普通は中まで調べるでしょ。ですから、いかにも思わせぶりに、その点についてあなた自身が不安を抱いているふりをして、警察官である私に行政代執行の必要性をミスリードしているんじゃないかと感じたんです」

それだけではなかった。無紋は瞳が自分の鍵で玄関を開けるのを見たとき、二度と戻らないことを宣言して家を出たはずの瞳が、未だに鍵を持っていることにも、若干引っかかっていた。そういうことを総合的に考えると、郁子の死体があるように見せかけて、実は別の目的で行政代執行を利用しようとしているという無紋の見方が正しいような気がしてきたのだ。

「そこで、けっして褒められたやり方ではありませんが、私は先ほどカマを掛けてみました。ゴミの片付け業者の方に、瞳さんの前であえてゴミの片付けの手順を尋ね、金属の山の片付けは最後にして欲しいと要請しました。その会話をそばで聞いていたあなたは、行政代執行を利用して凶器の手斧を公《おおやけ》に処分するというあなたのお父さんの計画が、私にすでに見破られているのではないかという不安を感じ、そのまま計画通りに進めるべきか、それとも中断するべきか、判断に迷っていたはずです。そのあとで、あなたは室内に入ったのですが、同時に紅林先生もしばらくの間、どこかに消えていました。紅林先生、あなたはあのとき、タバコを吸いに行ったのではなく、携帯で瞳さんから相談を受けていたんですね」

無紋はいったん言葉を切り、紅林に微笑みかけた。だが、ここでも紅林の返事はなかった。

「それにしても、タバコを吸いに行ったという言いわけはいただけません。私が以前にあなたの家でごちそうになったとき、相当に長い間、あなた、タバコなど一本も吸わなかったじゃありませんか」

無紋の皮肉な言葉に、紅林はふてくされたように苦笑しただけだ。無紋はさらに言葉を繋いだ。

「それはともかく、その携帯を使っての話し合いで、金属のゴミの山に凶器の手斧を紛れ込ませ、業者に持ち出させて凶器を永遠に処分するという計画の中止が決定されたはずです。そのあと、クリニックに用があるという理由で自宅に帰っても少しもおかしくなかった紅林先生がわざわざ戻って来て、私のそばにぴったりとくっついて話し続けたのは、私を牽制する、というか、私の注意を引きつけるつもりだったのでしょうね。瞳さんに必要な作業をさせるために。中山君、その間、君のほうではどんなことが起こったかをごく簡略に説明してくれないか」

無紋の指示を受けて、今度は中山が話し出した。

「はい、無紋さんの指示で、俺は瞳さんから、目を離しませんでした。そして、区役所の上司に連絡するという口実で、瞳さんが玄関の外に出たとき、俺は瞳さんが携帯で話しながら、金属の山から手斧を抜き出し、そのショルダーバッグにしまうのを半開きの扉の蔭から目撃したんです。作業員の人たちはそのとき路上の撤去作業に従事していて、駐車スペースの粗大ゴミはまだ撤去されていませんでしたので、無紋さんの位置からは瞳さんの動きは見えにくかったと思いますよ。しかも、瞳さんの動きは実に素早く、手斧を捜しているという感じはまったくなく、あらかじめどこにそれがあるか分かっていたようでした。それを取り出すのにほんの数秒しか掛かりませんでしたから」

しばらくの間、誰もしゃべらなかった。その沈黙を破ったのは、意外なことに瞳だった。まるで精神のバランスが一気に崩れたように、激しい口調で、紅林をなじり始めたのだ。

「だから、紅林先生、私が電話で相談したとき、父を信じて最初の計画通りに行こうと提案してくれればよかったんです。そうすれば、この手斧は間違いなく撤去されたはずです。今度の結果も、あなたの人生そのものでしたね。いつもドタン場で弱気になって、それが失敗に繋がるんです」

不快な戦慄が無紋の胸を衝き上げた。瞳の顔は紅潮し、その吊り上がった目には、剥《む》き出しの身勝手さと憎悪が映っている。

瞳はこんな女だったのか。無紋は唖然としていた。瞳が何を言おうとしたのか、明瞭には理解できなかったが、その口調も表情も、無紋が知っている瞳とは別人だった。思わず、紅林の顔に視線を移した。

「何を言ってやがるんだ！　バレてるから、いったん手斧を引き上げようと言ったのは、お前のほうだろ。お前らこそ、母娘で田之上に手玉に取られたくせに。恥を知れ！」

紅林が顔をゆがめながら、吐き捨てるように言った。紅林自身にも、鬼神《きじん》が宿っているように見えた。

そのあと、再び、いたたまれないような沈黙が支配した。瞳も紅林も憎悪の色を目に湛《たた》えたまま睨み合い、一言も口を利かない。その対決を仲裁するように、話し出したのは徳松だった。

「まあ、仲間割れはあとでゆっくりやってくれ。それにしても、納得がいかないぜ。行政代執行によって凶器を公に処分することを断念したと言っても、それだったら、凶器なんか、初めからどこかに捨てちまえばよかったじゃないか。そんな七面倒くさいことをどうして考えなければいけないんだ？」

いかにも徳松らしい、直截《ちょくせつ》で分かりやすい疑問の提示だった。この質問には、無紋が答えざるを得なかった。

「そこが行動心理学者としての柳さんの独特の思考法なんですよ。そして、瞳さんも紅林先生も、いや、私自身もその思考法に巻き込まれていたのかもしれません。柳さんはかつて、行動心理学者として、今でも『ヤナギの迂回職質』という言葉で知られる、職務質問のマニュアルを警察のために作成しています。非常に実践的なマニュアルではあるのですが、それでも柳さんは基本的には学者であって、その学者の部分が公という言葉に対するこだわりに象徴的に表れていると思うんです。知的レベルの高い人間に不安症は付きものです。どんなに安全と思われる場所に凶器を隠したとしても、予想もできない偶然によって、それが発見されてしまうことはよく起こることです。そういう不安から逃れるために、公に処分するという発想が生まれることは、私にはよく理解できます」

不燃ゴミ処理センターに持ち込まれた手斧が、柄と刃をバラバラにされ、刃の部分はリサイクルされるとしたら、それは永遠に犯罪とは無関係であるというお墨付きをもらうようなものだろう。それに公的な目的の中に、邪悪な目的を紛れ込ませるという方法も、「ヤナギの職質メソッド」を彷彿とさせるのだ。

「行政代執行の基本的な目的は、ゴミの山を撤去して正常な景観を取り戻すことですが、まさかそこに凶器の処分という邪悪な目的が含まれているとは誰も気づかないはずです」

無紋がいったん締めくくるように言った。

「でも、無紋さん、あんたはそれに気づいたんだろ。もしあんたがそれに気づいていなかったら、あんたの言う、その邪悪な目的は達成されていたということか？」

徳松の言葉に無紋は複雑な表情を浮かべた。それを肯定すれば、無紋が自分の洞察力を誇っているようにも聞こえかねないと思ったからだ。しかし、無紋に言わせれば、これは洞察力の問題というよりは、知的世界に属する人間特有の抽象的思考に対するこだわりに思えた。

「確かに、あの騒然とした雰囲気の中で、みんな柳さんの絶叫に注意を奪われ、駐車スペースのゴミの処理がもっと早く進んだら、誰も気づかぬうちに手斧は処分されていたかもしれませんね。だから、今度の計画はまったく非現実的というわけではなかった。しかし、今日の撤去処分を正確にコントロールするのは、現実問題としては無理だったと思いますよ」

だから、瞳もある程度偶然に任せるしかなかったのだ。もっとも、最初に瞳が、無紋と紅林に促されて、ようやく着手の指示を出したのは、瞳としてはやむを得なかったのだろう。瞳に対する柳の罵倒が打ち合わせ通りの演技であるのは分かっていたのだろうが、瞳は極度に動揺しているように演じなければならず、すぐに作業員のところに行って、着手の指示を出すのはやはり不自然だった。

「それにしても、最大の謎は、通り魔事件の偽装までして、あんたらが何を狙っていたかということだよ。つまり、この事件の動機だよ」

徳松が力を込めて言った。無紋はその点についてもある程度の答えが出ていたが、そのことをこの場で話す気はなかった。

「それは、こんな立ち話では無理で、君のほうでじっくり聞いてくれよ」

それまで丁寧語でしゃべっていた無紋が急に言葉遣いを崩した。それによって、徳松にだけ話しかけたという印象が生じた。

無紋としては、徳松が紅林と瞳に任意同行を求めることを促したつもりだった。それを察したかのように、徳松がすぐに言った。

「じゃあ、お二人には捜査本部のほうに来てもらおうか。柳さんも、公務執行妨害で逮捕されているから、さぞかしお待ちかねだろ。この手斧は残念ながら、俺のほうで預からせてもらうよ」

瞳はいかにも悔しそうな表情だった。むしろ、紅林の表情に、諦めの色が浮かんでいる。中山が携帯で話し、パトカーを正面玄関のほうに回すように指示していた。

気がつくと見物人の数はぐっと減り、残って見ている者も、無紋たちが何を話し合っているのか分かっていないようだった。ましてや、その五人の中に通り魔事件の実行犯が含まれているとはつゆ思っていないだろう。

「あっ、それと、あと二つだけ確認させてください」

無紋は周囲のざわついた雰囲気に合わせるように、まるでついでに思い出したように言った。

「これはどちらにお答えいただいてもいいのですが、このゴミの撤去費用を負担くださるという方は、紅林先生じゃないんですか？」

この問いに対して、紅林自身は反応せず、瞳が小さくうなずいた。

「ありがとうございます。それと紅林先生、私があなたのご自宅でお会いした女性はいったいどなたなんですか？」

　この質問に対しては、紅林が顕著に反応した。その顔に不意に赤みが復活したように思われた。それから、突然、大声で話し出した。

「さすが無紋さん！　どうして分かったんですか？　その根拠を教えてくださいよ」

　過剰に明るい声が異様だった。ヤケクソの発言にも聞こえた。とは言え、そのしゃべり方は、いつもの紅林に近くなっていた。無紋には、それが紅林の強がりなのか、それとも諦念なのか、判断できなかった。

「恥ずかしながら、科学的な根拠はありません。ただ、骨相学的に見て、瞳さんと紅林先生の奥様の目尻と頬のあたりの輪郭が似ていると思ったので、二人が母娘ではないのかと思っただけです。それにあのとき、紅林先生ご自身が私のために水や氷をこまめに取りに行ってくださるのに驚かされました。でも今から考えると、あれが奥さんではなく郁子さんだとしたら、やはりそれなりの遠慮があったんですかね。あなたは郁子さんをもっとこき使うべきだったのかもしれません」

「えっ、じゃあ、柳郁子は生きているのか？」

　徳松が二人の会話に割り込むように、素っ頓狂な声を上げた。紅林は徳松の介入に露骨に顔をしかめ、黙り込んだ。無紋は徳松の質問には答えず、瞳のほうを見て尋ねた。

「この代執行はこのまま続けてよろしいですね。だとしたら、もう一人の職員の方にそう伝えておきますが」

無紋にしてみれば、瞳をこれ以上この場に晒しておくのが忍びないという意識が働いていた。とりあえず無紋の役割は終わったのであり、これ以上の会話は捜査本部の取調室で行うべきだろう。

「はい、そうしてください。責任を最後まで果たせず、申し訳ないと彼に伝えてください」

瞳が平然と答えた。無紋は、瞳がこの期《ご》に及んで、まだ責任という言葉にこだわることに驚愕していた。

この形式的なこだわりは、いかにも柳の娘らしいとも感じていた。柳の目的は、行政代執行という公的な形式に沿って、凶器を処分することだったのだ。

パトカーが徐行しながら、無紋たちの背後に入って来るのが見えた。このあとパトカーの乗員と共に、徳松が紅林と瞳を捜査本部に連行するはずである。

しかし、無紋はそのあともここに残って、撤去作業に付き合うつもりだった。それが生活安全課の無紋の本来の仕事だと、無紋は自分自身に言い聞かせていた。

最終的に二件の殺人と四件の傷害事件の容疑で逮捕されたのは、柳父娘と紅林の三人だった。柳の妻である郁子は、任意で事情を訊かれただけで、今のところ、逮捕されてはいない。

4

無紋の想像通り、柳と瞳は仲が悪いどころか、絶対的な絆で結ばれた父娘だったのだ。その父娘が決定的な確執まで偽装して、戦いを挑んだ相手が、特定危険指定暴力団の佐野組だったという事実は、世間から大きな驚きを持って受け止められていた。

濃淡のある四人の供述をパズルのように組み合わせることによって、事件の全貌が次第に明らかになりつつあった。もちろん、四人それぞれが臨機応変に様々な工作をしていることは事実だった。

ただ、徳松が無紋に語ったところによれば、郁子の役割は比較的限定されていて、通り魔事件に対する関与は薄く、自分の身を守ることが中心だった。そのため、あえて殺人幇助などの罪で逮捕せず、むしろ、その積極的な供述によって、捜査に協力させるのが、捜査本部の基本方針だという。

柳の一義的な目的は、まず妻の郁子が死亡したように見せかけて、その身の安全を図ることだった。郁子は田之上の仕掛けた投資詐欺の被害者だったのだ。だが、郁子がただの詐欺被害者では済まず、やがては佐野組から命まで狙われるようになることは、郁子にとって、まったくの想定外だったらしい。

この投資詐欺被害の実態は、郁子と瞳の捜査本部での供述によって、かなり具体的な詳細が判明している。

二年ほど前、郁子は友人から誘われて、金融庁の主催だという投資セミナーに参加していた。そして、そのあとのパーティーで田之上と知り合ったのである。田之上は投資セミナーには顔を出さず、パーティーにだけ招待された有名人の一人だった。

郁子はそのとき、容姿が整っている上に物腰が柔らかく、誰にでも親切に振る舞う田之上を気に入り、その日に参加した投資セミナーについて意見を訊いてみた。田之上は「あんなのは所詮ダメですよ。金融庁がらみじゃ、もうけは知れてます」と批判的な意見を述べ、「今度、もっといい投資会社を紹介しますよ。元本保証で、リターンはデカいですよ」と付け加えた。

後日、郁子が夕食に招待されて、指定のレストランに行ってみると、田之上は「アフルエンス」という投資会社の鈴木《すずき》と名乗る男を郁子に紹介した。郁子はそこで強引に、元本保証で月百万の利息が付くという三千万円の金融商品を購入させられる。

だが、不安に感じていた郁子も、一ヵ月後に、実際に百万円の利息が自分の銀行口座に振り込まれているのを知ってすっかり信じ込んでしまったという。

もちろん、それがこの手の投資詐欺の常套手段だった。だが、世間慣れしていない郁子は疑うことを知らなかった。その後も、数回、田之上に食事に招待され、ついに郁子の母親の自宅と土地を担保に入れてローンを組み、一億円の金融商品を買わされてしまったのだ。

だが、その直後に「アフルエンス」が倒産し、「アフルエンス」の債権を持っているという「レミー」なる会社の山田《やまだ》という男が登場し、母親の家も奪い取られてしまった。ほんの数ヵ月の間の、あっという間の崩壊劇だった。

このことで体調を崩した郁子の母親は、夫がすでに他界していたため、その後病院に入り、失意の中で病死していた。そのため、郁子は母親に対する拭いがたい罪の意識を持つと同時に、田之上に対する強い憎しみを募らせていた。

郁子から事情を打ち明けられた娘の瞳も、何度か田之上に会い、郁子が投資した金の返済を求めたことは認めている。しかし、田之上はあくまでも経済的アドバイスをしただけで、投資は自己責任であると主張した。それに、「アフルエンス」も「レミー」も田之上の会社とはあくまで無関係で、その二つの会社に口が利ける立場ではないと言い続けた。

郁子はせめて奪われた母親の土地・家屋だけでも取り戻そうとして、およそ一年近く、田之上に何度も粘り強く電話を掛け、弁護士を雇って、民事訴訟の準備を進めていた。そんな中で、昨年、同じ投資詐欺の被害者内海浩一と溝口絹子が不審死を遂げたのだ。

それを知った、民事専門の郁子の弁護士は担当を降りることを申し出てきた。そして、得体の知れない男に尾行されるなど、郁子の身辺でも不可解なことが起こり始めた。

郁子は当初、投資詐欺の被害を夫には内緒にしていた。しかし、郁子の実家に起こった異変を柳に問い詰められて、郁子は泣きながら、すべてを告白していた。妻から打ち明けられた柳は、妻の身の危険を感じ、郁子が病死したように装うことを思いついた。

だが、柳の発想の驚くべき点は、単に妻の身を守るに留まらず、凶悪な暴力団佐野組に対して、積極的な攻撃を仕掛ける計画も含んでいたことである。ただ、何故柳が田之上のバックに佐野組がいることを知り得たのかという疑問は残る。あるいは、瞳と田之上の関係は予想以上に深く、田之上の持つ情報が瞳を通して柳に伝わった可能性も排除できなかった。いずれにしても、柳がそのシナリオを書き上げ、それを実行に移すのに、それほど多くの時間は掛からなかった。

5

無紋と徳松がいつものように、二階の生活安全課の廊下で立ち話をしていた。事件の反響はあまりにも大きく、世間は騒然とし、柳たちの逮捕から二週間ほどが経過した今でも、弁天代署では多くのマスコミがうろついていた。

ただ、彼らが入り込もうとする場所は、基本的には捜査本部のある五階だったので、二階の生活安全課は案外、安全な場所になっているのだ。捜査本部の記者会見で、ゴミ屋敷の行政代執行をきっかけとして、通り魔犯の逮捕が行われたことが、公式に発表されていた。

ただ、それを行った主体はあくまでも捜査本部であって、生活安全課の無紋たちの活躍に、記者会見を行った捜査本部の幹部たちが言及することはなかった。

そういう状況に対して、無紋は不満を抱くどころか、むしろ大いに感謝していた。とにかく、マスコミの取材対象になるのはごめんだった。

無紋は、刑事としての功名心とは縁がなかった。無紋にしてみれば、事件に対する、自分の論理的思考と調査過程が正しかったのか、それが検証できれば文句はないのだ。

「それにしても、柳郁子が生きているとよく分かったな」

徳松の質問に、無紋は微妙に首を捻った。自分でもどうして分かったのか、頭の中で整理しているような表情だった。

「疑惑のきっかけになったのは、火葬証明書だな」

「火葬証明書？」

「ああ、火葬場で、柳が火葬証明書を取っていることを知ったとき、念が入りすぎていると思ったんだ。火葬証明書っていうのは、普通は役所で出す火葬許可証を紛失したときに出してもらうものだろ。医者として火葬場とのコネを持つ紅林が普段から付き合いのある火葬場の職員に、適当な言いわけを付けて、出させたらしい。そういうことはそれほど珍しいことでもなく、例えば、地理的に東京から離れたところで故人を茶毘に付した場合、都内の火葬場が便宜的に火葬証明書を出すことは、特に感染症が流行っていた頃などはかなり普通に行われていたって話だ。通常、証明書の料金は三百円程度だが、そういう特別な場合は、お礼の気持ちを込めて、一万円程度を払うこともあるそうだ」

「よく分からねえよ。念が入りすぎているってどういうことなんだ？」

「つまり、役所が出す火葬許可証は、その文言通り、火葬を許可するという意味に過ぎず、厳密に言えば、実際に火葬が行われたかどうかは分からないだろ。しかし、それに火葬証明書が加われば、火葬は間違いなく行われたという決定的な印象を与えることになる。だから、柳が火葬証明書を取っていることを知ったとき、彼が火葬許可証を紛失したわけではなく、妻の遺体を火葬場でちゃんと焼きましたよとアピールしているように感じたんだ。なので、逆に俺は彼女が生きているかもしれないと思った。柳は多分、そういう調査を警察が行うことを予測していたんじゃないか」

「そうか。捜査本部は実際に調査をして、その火葬証明書を真《ま》に受けて、柳郁子は死んでいると判断したんだ。間抜けだぜ。あんたは凄い勘の持ち主だよ」

「いや、勘じゃないよ」

「じゃあ、何なんだ?」

「論理的思考と呼んでもらいたいね」

無紋の発言に、今度は徳松が首を捻る番だった。だが、徳松はすぐに別の話題に移った。

「通り魔の方法も、あんたの言っていた通りだったよ。基本的には実行犯は紅林で、瞳が被害者の後方を尾け、足音で追い込む役割を果たしていたんだ。それにしても、紅林の自供によると、田之上を殺害したときは、とんだ修羅場だったらしいぜ」

徳松の話によると、外科医の紅林は、手斧をかなり巧みに使いこなしていて、最初の殺人である能代の場合、ほとんど一撃で致命傷を与えている。そして、無差別的に選ばれた他の被害者には、ほぼ同じ程度の軽い傷で済ませているのだ。

ところが、田之上の場合だけは、手元が狂ったのか、最初の一撃では致命傷を与えられず、田之上は頭が血まみれになりながらも、激しく反撃し、紅林は手斧を叩き落とされてしまったらしい。

さらに格闘の末、肉体的にも年齢的にも不利な紅林が仰向けに組み伏せられたのだが、そこで地面に落ちていた手斧を拾い上げた瞳が、それで田之上の頭をめった打ちにして息の根を止めたというのだ。瞳が殺傷行為に加わったのは、この一件だけらしい。

「まあ、紅林の供述は、田之上の死体の状況ともぴったりと合致しているんだ。何しろ、傷が頭のそこら中にあって、一部は陥没状態がひどかったからな。だから、ここだけの話だけど、捜査員の中には、瞳は田之上によほど深《ふか》え恨みがあったんじゃないかと言う者がいる。母親が大がかりな投資詐欺の被害に遭ったくらいじゃ、説明の付かない恨みが込められているんじゃないかってわけだ。なあ、無紋さん、あんたどう思う？」

下世話な好奇心に満ちた徳松の質問に、無紋は辟易したように、幾分、後方に体を反らした。

「さあ、それは俺には分からないね。しかし、体力に劣る女性が男性を殺害する場合、不必要な攻撃が過剰に加えられるケースが多いというのは、犯罪学の常識だろ。男の反撃を恐れるあまり、死んでいるのに、女が死体を刺し続ける場合のようにね」

無紋がこう言ったのは、郁子が田之上の投資詐欺によって受けた経済的被害と、郁子の母親が失意の中、病院で死んだという事実だけで、復讐の要件は十分に満たしているように思われたからである。無紋にとって、それ以上の動機を探ることは、やはり下世話な好奇心に属することのように感じていた。

「それにしても、俺が言うのも何だが、柳はやっぱりスゴいやつだぜ。単に妻の命を守るだけではなく、佐野組の壊滅に貢献しようと考えていたとまで供述している。そして、実際に、そうなりつつあるんだ」

徳松の言う通りのことが現実に起こっているのは、間違いないようだった。警視庁の組織犯罪対策課と捜査二課の合同捜査本部は、瞳と郁子の証言に基づいて、「アフルエンス」や「レミー」という投資会社が実質的に佐野組のフロント企業だったことを突き止め、鈴木や山田と名乗った男を特定し、すでに逮捕していた。

さらに、次から次へと投資詐欺の関係者や組員の検挙を続け、ついにサノケンこと佐野健治を詐欺罪の容疑で逮捕していた。

その上、一部の組員の自白により、田之上の投資詐欺に絡む他の二件の殺人、つまり内海と溝口の事件の態様も割れ、詐欺容疑で勾留中の佐野を殺人容疑の共謀共同正犯としても追及し始めていた。これにより、佐野組の存続はほぼ不可能な状況になっていた。

「要するに、柳は田之上と佐野の双方に復讐を遂げたことになった上、郁子の身の安全も完全に保障された形になったわけだ」

無紋は言いながら、階段下の窓から差し込んでくる強烈な午後の夏の日差しを躱すように、体を若干、横に捻った。徳松の言うように、それを素朴にスゴいと評価することはできなかった。

単に柳の行為が犯罪というだけでなく、瞳や郁子を巻き込む形でしか、実行できなかった柳の考え方には、やはり致命的な欠点があるように無紋には思われたのだ。

もっとも、柳は妻の郁子だけは巻き込みたくはなかったらしい。だが、自分をどんな風に利用しても構わないという郁子からの申し出を受け、結局、郁子も加えたシナリオを組み立てたと供述しているという。

紅林は郁子を匿《かくま》うために、それなりの準備をしていた。五年ほどクリニックの受付をしていた女性を、ささいなことで難癖《なんくせ》を付け、解雇していたのである。この受付の女性は、すでに十年ほど別居中の紅林の妻に、二、三度、会ったことがあったからだ。

一方、通いの看護師はまだ勤務して一年程度で、紅林の妻とは会ったことがなかったので、そのまま勤務を続けさせたという。

紅林自身は、町内会長も務め、町内会や商店街の人々とも交流はあったが、俳句に打ち込んでいる紅林の妻は、昔からそういう交流にはまったく参加せず、クリニックも手伝っていなかったので、別居する前でも、その顔はほとんど近隣に知られていなかった。だからこそ、郁子を紅林の妻として受け入れる発想が湧いたのだと、紅林自身が供述しているらしい。

紅林の動機が経済的理由であることは、四人の供述を伝え聞いていた無紋にも分かっていた。確かに、紅林はキャバクラなどの遊興費やギャンブルで大金を使い果たし、診療所も人手に渡さなければならないほど追い詰められていた。そんなとき、紅林の患者であり、日頃から親しくしていた柳から、この復讐劇に加担して欲しいと頼まれたのだ。

すでに前金として一千万円をもらっており、さらに成功報酬として、柳の家が売れたときは、三千万円を受け取ることになっていたという。

ゴミ屋敷の撤去費用は、行政代執行が思うように進んでいない状況を打破するために、紅林自身がすでに受け取っていた一千万円の一部を拠出して――と柳に申し出ていたらしい。紅林は、取り調べで、柳家に対する田之上のやり口に義憤に駆られて協力したとも供述していたが、それは付けたりのようなもので、紅林の動機は基本的には金だったと無紋は考えていた。

「ところで、無紋さん」

無紋は、徳松の言葉でふっと我に返った。自分が果てしない思考の連鎖に囚われていたことに気づいたのだ。この「ところで、無紋さん」は相変わらず危険な言葉だった。

「柳瞳が、あんたと話がしたいって言ってるんだ。どうする？」

「どうするって？」

「つまり、あんたが瞳に会って、話をする気があるかどうかだよ。実を言うと、捜査本部の幹部、特に管理官はそれを望んでいるんだ。紅林というヤツは、医者のくせにチャラチャラしていて、よくしゃべるんだが、どこまで本気で言っているのか分からないところがある。逆に、瞳は黙秘することが多く、捜査本部も肝心な供述を引き出せないでいるんだ。特に、田之上との関係については、何かを隠している感じがあるんだな。田之上を殺害した際の状況については、瞳自身はいっさいしゃべっていない」

「じゃあ、田之上の殺害に関する紅林の供述を、彼女は真実だとは認めていないんだな」

「その通りだよ。だから、あんたにも一度、瞳を取り調べてもらい、その点を聞きだして欲しいというのが、管理官の希望なんだ。これだけの大事件になると、検察も警察の取り調べ段階からけっこう口を出してくるものさ。その検察が、事件全体を見渡して、どうしてこんな途方もない、柳の殺人計画を真面目な瞳が受け入れたのか、動機の面でイマイチはっきりしないと言っている。そして、その点について一番重要なのが、田之上の殺害だと見ているんだ。それをはっきりさせるためには、瞳の供述を引き出す必要がある。瞳があんたに会いたがっているということは、あんたには何か重要な情報を伝える気があるってことだよ。だから、無紋さんにも彼女を取り調べてもらって——」

「取り調べはしないよ」

無紋は不機嫌な表情で、徳松の言葉を遮るように言った。徳松の顔に、落胆の色が浮かぶ。しかし、無紋はそれほどの間を置くこともなく、ぶっきらぼうな口調で付け加えた。

「ただ、雑談ならしてもいい」

徳松の顔が一気に明るくなった。

「そうだ。その雑談ってやつでいいんだ。無紋さん、お願いしますよ」

またもや、猫なで声の丁寧語だ。無紋は苦笑しながら、小さなため息を吐いた。

6

無紋は二階の生活安全課から徳松と共に階段を上がり、三階の刑事課の前にある取調室に到着していた。その前で、捜査本部の管理官から挨拶された。

「無紋さん、今回の事件ではいろいろとお世話になっています。今日も一つよろしくお願いします。ご要望の通り、一対一の面会で構いませんので」

管理官は、腰の低い、四十前後の痩せた男だった。おそらく、年齢的には無紋より下だろう。無紋と同じ地元採用のノンキャリア警察官だが、階級的には警視で、警部補の無紋より二つ上である。

警察では、年齢より、階級や役職が物を言うのは確かだが、無紋の高い捜査能力は、この管理官にも知らされているようで、言葉遣いは丁重そのものだった。

記録係も置かず、雑談でもするような形で瞳に会うことを望んでいるという無紋の意向は、徳松が携帯であらかじめ、この管理官に伝えていた。記録係などいなくても、二人の面会の様子は、室内に設置された隠しカメラとマイクで録画・録音されるのだから、同じことだった。

無紋は一礼して、すぐに扉を開けて、中に入った。取調室と言っても、普通の会議室とほとんど変わらない。近頃は、こういう造りの取調室も多いのだ。所轄署の中には、会議室と兼用にしているところもあるくらいだから、取調室をこういう造りにしておくほうが、使い勝手がいいのは確かだろう。無紋も日常的に生活安全課の階にある、同じタイプの取調室を使っていたから、まったく違和感がなかった。

幅の広いステンレスの机を挟んで、無紋は折りたたみ式の椅子に座って、瞳と対座した。無紋の左手方向には、何も書かれていないホワイトボードが置かれている。

「私の希望通り、無紋さんに取り調べを担当していただけるんですか？」

無紋の顔を見た瞳が、柔らかな笑みを浮かべて訊いた。いつも通りの黒縁の眼鏡を掛けていて、グレーの上下のスウェットという地味な服装だった。留置場の場合、居室衣《きょしつぎ》として認められるものは、裁判中に入れられる拘置所にくらべて、かなり限られている。

日本の刑事訴訟法では、逮捕した被疑者を最大二十三日勾留できることになっており、瞳もすでに二週間以上、勾留されていた。

「いや、取り調べなんてとんでもない。私は捜査本部要員ではないので、あなたの事件とは直接、関係がないんです。まあ、あなたも退屈しているだろうから、雑談でもしてこいというのが、捜査本部のお達しでしてね」

無紋は笑いながら言った。瞳の緊張をほぐそうという意図があったのは確かだった。

「どんな理由でも、お話ができればそれでいいんです」

瞳は切り口上に言った。無紋の場違いな冗談を咎めるような口調だった。「アロンゾ」で話していた頃の、生真面目で誠実な印象の瞳とはやはり違う。瞳の背後に浮かんでいた優しい姉のイメージは、無紋の目からはすでに消えていた。

「私と話したいというのは、どんなことでしょうか？　これは取り調べではありませんので、私の質問に答えるという形ではなく、あなたのほうで自由に言ってもらって構いません」

無紋は真剣な口調で言った。すでに瞳の気持ちをほぐそうと努力することは諦めていた。

「まず、紅林の暴言について、言いわけさせてください」

「紅林の暴言？」

無紋は思わず、瞳の言葉を反復した。紅林を呼び捨てにしたことによって、紅林がすでに利害相反者であることを、瞳が宣言したように無紋には思えた。

「――お前らこそ、母娘で田之上に手玉に取られたくせに。恥を知れ！」

瞳は一言一句正確に紅林の言葉をくり返した。行政代執行のときの光景が、無紋の脳裏に蘇ったが、無紋は先を促すように、うなずいただけだった。

「あれじゃあ、まるで私と母が田之上に女性として弄《もてあそ》ばれていたみたいじゃないですか。いえ、紅林だけじゃありません。質《たち》の悪い取り調べの刑事の中にも、そんな馬鹿げたことを言う者がいるんです。お前らと田之上の関係は、親子どんぶりだったんじゃないかって」

無紋はその下品な表現に驚愕していた。これは伝聞表現であって、瞳自身が、自らその言葉を思いついたとは思えない。黙秘している被疑者に対して、取調官が、そういう言葉遣いをして、被疑者に心理的な揺さぶりを掛けることはあり得るだろう。それにしても、瞳のような知的な人間なら、その下品な言葉を、もう少し婉曲な表現に置き換えて、無紋に伝えてもよさそうなものだった。無紋は、瞳の精神が荒廃しているのを感じ取っていた。

「しかし、紅林先生が使った『手玉に取られた』という言葉は、必ずしも男女関係を意味しているとは限らないと思うんですが」

無紋は心にもないことを言った。どこまで本気でそう考えていたかは不明だとしても、紅林が、言葉の上では男女関係を仄めかしたのは間違いないと無紋も考えていた。しかし、自分の思考とは相反することを言うことによって、瞳の反応を見てみたかったのだ。

「それは無紋さんが、紅林という男をよく知らないから、そう思うだけです。あの愛想の良さに欺されては、ダメです。母をあの医院で匿ってもらっていることを脅しの材料みたいにして、彼は私に対して、何度か性的関係を迫ってきたことがあったくらいですから。母をあそこで匿うのは、彼のほうから言い出したことですので、初めからそれが狙いだったのかもしれません。もちろん、私ははねつけましたが、紅林は逮捕後もまるでしっぺ返しのように、私たち母娘が田之上と肉体関係があったというデタラメを言い続けているんです」

ここで瞳はいったん言葉を止めた。無紋は会話がもっとも重要な部分に差し掛かっているのを意識していた。

徳松からの情報によれば、捜査本部も当然、瞳の身辺調査は徹底的に行っており、瞳が田之上と高級ホテルのレストランで仲睦《なかむつ》まじそうに食事をしている様子が何度か、そのレストランの従業員によって目撃されているという。

それは郁子が投資詐欺の被害に遭ったあとの目撃情報だから、瞳が投資詐欺の一件で交渉するために田之上と会っていたという解釈も不可能ではない。ただ、レストランの従業員の中には、二人が本当に楽しそうに話しており、まるで恋人同士に見えたと証言している者もいるくらいなのだ。

従って、二人の関係は想像以上に親しいものだったのではないかと考えている捜査員もいるらしい。

「それが仮に嘘だとしたら、紅林先生が、何でそんな嘘を吐くとあなたはお考えになっているんですか？　ふられたことに対する、単なるしっぺ返しとも思えないんですが」

無紋の質問に、瞳は露骨に眉を顰《ひそ》めた。無紋がその答えを分かっていて、あえて訊いていると思ったからだろう。瞳が、気色ばんだ様子で話し始めた。

「もちろん、田之上殺しの責任を私に押しつけて、死刑を逃れようとしているんですよ。無紋さん、信じてください。私は誰も殺しても、傷つけてもいないんです。でも、紅林の狡猾なところは、田之上以外の他の五人の被害者については、すべて本当のことを言って、取調官の信用を得ようとしている点なんです。それらの五件の事件について、私は尾行する役割だけで、殺傷行為には加わっていないという紅林の供述は事実です。ですから、田之上を殺害するときだけ、私がその殺害行為に加わったという彼の説明には、かえって信憑性が生じてしまうんです。普通に考えると、一つの事件についてだけ、虚偽の証言をするなんて、不自然ですからね。頭のいい紅林は、取調官がそう考えることも計算に入れているんです。しかし、私は田之上の殺害にもまったく関わっていません」

無紋は鼻白む思いで、瞳の言葉を聞いていた。これまで瞳が話したことは、すべて、無紋の想定内のことのように思えた。いや、これから先も、無紋の想定通りに、瞳の説明は続くような気がしていた。

実際、瞳は無紋の予想通りにしゃべった。二人がもみ合いになったのは本当だが、田之上が最初に受けた手斧の一撃がやはり致命的で、田之上は結局、紅林にめった打ちにされて、絶命したという。だが、それを認めると、彼が殺した人間は複数になり、それ以外にも四人の人間に傷害を負わせているため、死刑はほぼ間違いない。だから、何としても、田之上は瞳が殺したことにしたがっているというのだ。

「その主張を警察に信じさせるためには、母親が投資詐欺の被害に遭ったというだけでは不十分で、私がそれ以上の強い恨みの感情を田之上に抱いていた理由を見つける必要があるんです。それで、私と彼が男女の関係にあって、私がぼろ切れのように彼に捨てられたという虚構をでっち上げようとしているわけです」

「なるほど、おっしゃりたいことは分かりました。ただ、私にとって、もっと根本的な疑問は、あなたのような真面目な女性が、あなたのお父さんの途方もない殺傷計画に何故賛成したかということなんです」

無紋はこの質問が多少とも皮肉に響くことは覚悟していた。「真面目な」という語彙が、瞳の性格を的確に映しているとも、もはや考えていなかった。「アロンゾ」で話していた頃の瞳は、もうどこにもいないのだ。いや、そんな瞳は元々存在していなかったのかもしれない。

「手放しに賛成したのではありません。もちろん、葛藤はありました。でも、父の計画ですら、紅林にゆがめられた面があるんです」

「ゆがめられた？　とおっしゃいますと？」

「父は、殺された二人でさえ、殺せとは命令していません。怪我をさせるだけでいいと考えていたんです。だって、それが合理的な考え方だと思いません？　父の目的は、母を守ると同時に、佐野組が警察から徹底的な捜査を受けるきっかけを作ることだったんです。佐野組による偽装通り魔事件と分かり、佐野組が一般市民まで巻き込んだ通り魔事件をくり返していると、警察に判断させるだけで良かったんです。それでしたら、何も田之上を殺す必要がないじゃないですか」

無紋は瞳が同じく殺された能代に触れることを、微妙に避けたのを感じた。下部団体の組員である能代と佐野組の関係を一般人の柳が知り、殺害のターゲットにした以上、その情報はやはり田之上から瞳を通して柳に流れたとしか考えられなかった。

「だが、紅林先生は田之上だけでなく能代も殺してしまった。どうしてだと思いますか？」

「さあ、そんなことを私に訊かれても」

不意に目の疲れを感じたように瞳が眼鏡を外し、目を閉じた。だが、すぐに再び目を開き、刺すような視線を無紋に向けてきた。その澄んだ目は美しかったが、同時にぞっとするほど冷たい視線だった。やがて、瞳は付け加えるように言った。

「そう言えば、紅林はこんなことを言ってましたよ。田之上や能代のような悪人を襲うときより、無関係な人間を襲うときのほうが嫌だったって。どうやって殺そうと考えるより、どうやって傷を浅くするかを考えるほうが難しいんですって。ですから、面倒くさくて、殺してしまったってこともあるんじゃないですか。彼は外科医なので、人間の死には慣れっこになっているそうです」

さすがの無紋も冷静に話すのが困難になり始めていた。あまりにも都合のいい説明だった。瞳の言うことをすべて本当だと受け入れるならば、死刑が想定される凶悪な罪を犯したのは、紅林だけということになる。

もちろん、瞳の言っていることのどこまでが真実で、どこまでが虚偽なのかは正確には分からなかった。しかし、少し考えるだけで、根本的な矛盾に気づくことだろう。

紅林の目的は単に金であり、そもそも田之上や能代を絶対に殺さなければならない個人的な理由がない。しかも、とげとげしい瞳の言葉の随所に、著しい性格の歪《ゆが》みが隠見《いんけん》していて、その供述の虚偽性を物語っているように思われるのだ。

「あなたのお父さんの計画によって、まったく無関係な人たちが襲われているんですよ。傷の深刻さの度合いは別にしても、そういう計画に加担したあなたも、少しは罪の意識を感じるべきだと思うのですが」

無紋らしくない感情的な発言だった。しかし、ここで問題にすべきなのは、やはり瞳の倫理観なのだ。

こう言ったとき、無紋は高校生の被害者小野寺ルイの清新な顔を思い浮かべていた。確かに何の関係もないルイのような人間を、ただの偽装のために襲う計画を立てた柳がまともな人間であるはずがないのだ。そして、その計画に加担した紅林も、瞳も。

「大きな正義が成し遂げられるとき、軽微な犠牲はつきものでしょ」

無紋は地底のマグマのような怒りが体内から吹き上がるのを感じた。この女は化け物なのか。無紋は心の中で、うめくようにつぶやいていた。

「大きな正義？　軽微な犠牲？」

「ええ、母の命を救うことだけでなく、佐野組を壊滅させることは間違いなく大きな正義でしょ。暴力団も詐欺師も、この世で呼吸してはいけないんです。紅林は金のために働いたのでしょうが、私たち家族は正義のために働いたんです。そして、殺されなかった被害者たちは、たいした傷ではなかったんですから、それでいいじゃないですか」

一部の週刊誌などが、佐野組を壊滅状態に追い込んだ柳を英雄視した記事を掲載しているのは事実だった。その正当性を瞳が信じ込んでいるとしたら、あまりにも愚かだった。いや、瞳はそれよりもずっと確信犯で、自分の性格の歪みにさえ気づいていないとも考えられた。

そうだとしたら、無紋がとうてい太刀打ちできる相手ではなかった。こういう無機質な異常性に対抗する術《すべ》はないのだ。無紋は、諦念という言葉さえ意識していた。

「あなた方は歪んだ正義のために働き、人生を棒に振った。それだけのことです」

吐き捨てるように言うと、無紋は左手に嵌めた腕時計を見ながら、立ち上がった。

実は、捜査本部の要請で、面会は長くても一時間と言われていたのだ。その一時間まで、あと二十分ほど残っている。しかし、無紋はこれ以上、瞳と話す気にはなれなかった。同時に、不必要に瞳を傷つけるつもりもなかった。

「お逃げになるんですか？」

瞳が語気鋭く訊いた。永遠の平行線。そんな言葉が、無紋の胸をよぎった。

「逃げる？　何から？　そうじゃありません。普通の世界に戻るだけです」

無紋は自分の怒りと沈んだ気持ちを気取られないようにするために、ことさら明るい声で答えた。それから、瞳に背を向けて、平然と戸口のほうに歩き出した。しかし、無紋はギラつくような憎悪の視線をしっかりと背中で感じ取っていた。

「庶民的な魚肉のソーセージと高級サラミですか。さすがですよ。その二つのキーワードから、そんな正解に辿り着いちゃうんだから」

7

中山が、勢いよくしゃべっていた。夜の九時過ぎ、無紋と中山は、なたねを挟んで、いつも通り、「テソーロ」のカウンター席に座っていた。

無紋としては、なたねと中山を並んで座らせ、自分が中山の隣に座るのが一番落ち着くのだが、中山が妙に気を利かせて、必ず無紋もなたねの横に来るように座らせるのだ。

「でも、魚肉のソーセージって、最近、昭和の懐かしい食品というイメージを超えて、再ブレイクしてるらしいですよ」

なたねが中山の話に小休止を入れるように言葉を挟んだ。それまで中山が話していたのは、やはり事件に関係があることばかりだった。

「普通のソーセージやハムに比べて、安いからでしょ。最近の食品の値上げラッシュもスゴいから、人はどうしても安い物志向になるんじゃないの」

中山が、話の腰を折られたように、たいして興味がなさそうに応じた。中山としては、やはり事件そのものの話がしたいのだろう。

「それだけじゃないみたいですよ。人気の秘密のキーワードは『常温保存』と『健康志向』です」

このなたねの発言に対しては、無紋がすぐに反応した。

「『常温保存』は分かるよ。冷蔵する必要がないから、地震などの災害時に携行食として便利ってことだろ。冷蔵が必要なものだと、停電なんかが起こると、まったく冷蔵庫が使えず、役に立たないことがあるからね」

「さすが係長、スゴいです！　魚肉のソーセージは防災意識の高い人に人気なんですよ。では、『健康志向』は？」

「それが分からないんだよな。魚肉のソーセージって、昔は、添加物の代名詞みたいに言われていて、健康にはあまり良くないっていうイメージがあったけどね」

「ところが、最近ではＤＨＡ、つまり必須脂肪酸《ひっすしぼうさん》が入っている魚肉のソーセージも発売されていて、狭心症や心筋梗塞のリスクを低下させる可能性のある食品として、人気が出ているんですって」

「なるほどね。じゃあ、俺もサラミよりは、魚肉のソーセージを食べたほうがいいわけだ」

「大丈夫ですよ。係長はまだお若いですから、そんなこと気にすることないですよ」

無紋はなたねとの会話に、妙な安堵を覚えていた。今度の事件で、サラミや魚肉のソーセージを、あまりにも異常な文脈の中で考え続けていたことに我ながら呆れていた。本来なら、今、なたねが言っているような文脈の中で、出てこなければならない食品名なのだ。

「それにしても、徳松さんに警視総監賞という話も出ているらしい。笑っちゃいますよね。今度の事件を解決したのは、無紋さんだってことはみんな知ってるのに、徳松さん、心臓に毛が生えているんじゃないですか」

無紋となたねの会話が一段落するのを待ちかねたのか、中山が話題を戻すように言った。

「いいじゃないの。彼もそれなりに活躍したんだから認めてあげようよ」

「無紋さんは、いつもそれですからね。ですが、真相は刑事課の連中にまで知れ渡っていて、蔭でハイエナの徳松ということから、ハイトクなんて呼ばれてるらしいですよ」

ハイトク、か。無紋は思わず苦笑した。背徳という漢字も浮かんだ。しかし、人の力を利用して、手柄を立てることも一つの能力なのだ。

「しかし、今度の事件も分からないことが多かったね」

無紋はジャックダニエルの水割りを飲みながら、総括するように言った。中山が大きくうなずき、一気に話し出した。

「分からないことだらけですよ。その中でも特に分からないのは、柳があんなとんでもない計画を立てた動機ですよ？　妻をサノケンから守るためなら、普通に警察に保護を要請すれば済むことでしょ。マスコミも、サノケン憎しの感情が先行し、公平な視点を欠いているんじゃないですか。もちろん、佐野組は壊滅させなきゃいけないけど、柳を礼賛《らいさん》して、暴力団壊滅万歳の雰囲気作りをするマスコミもどうかしてますよ」

無紋にとって、中山の言うことはもっともだったが、無紋の言う「分からないこと」とは微妙に論点がズレているように思われた。そのズレを埋め合わせる発言をしたのはなたねだった。

「私も主任と同じ意見ですが、一番分からないのは、柳が何で娘の瞳さんまで巻き込むような計画を作ったかということなんです。直接手を出したのは、田之上の事件だけだとしても、他の事件でも被害者を尾行して追い詰める役割を果たしていますから、やっぱり立派な通り魔犯ですよね。普通の父親なら、娘だけにはそういう役割をさせることを避けると思うんです。だから、私はどうしても、娘に対する父親の負のグリップを感じちゃうんです」

娘に対する父親の負のグリップ。なたねらしいうまい表現だと無紋は思った。それは無紋の考えていることを部分的に言い当てていた。

それが瞳と田之上の間に男女関係があったのではないかという下世話な推測と無関係でないのは確かだった。娘が田之上と刹那《せつな》の肉体関係を結び、ぼろきれのように捨てられたとすれば、柳が田之上の殺害計画を立てたのは、妻を守るためだけでなく、娘のための復讐でもあったことになり、この無意味なほど遠大な計画の動機にそれなりの筋《すじ》が見えてくるように思われるのだ。

それはまさに前日、無紋が瞳と面会したとき、二人の間で交わされた深刻な会話と重なるものではあった。だが、無紋はその面会の模様を中山やなたねにさえ、詳しくは話していなかった。

とても人に話す気にはなれないほど、嫌なものを瞳から引き出してしまった気分で、無紋自身が自己嫌悪に陥っていたのだ。

ただ、徳松によれば、隠しカメラで撮影されたモニター画像を見ていた捜査本部の幹部たちは、瞳が無紋との面会を求めたのは、田之上殺害に関する紅林の供述が虚偽であることを、無紋を通して捜査陣にアピールするためだったと判断しているという。

つまり、瞳が自分自身や父親の罪を少しでも軽くし、罪の大部分を紅林に負わせようという意図で無紋との面会を望んだとすれば、これ以上は瞳の自己正当化に付き合う必要はないと考えているらしい。

田之上と能代の殺害という点では個人的な動機がない紅林が自分の判断だけで殺害に及んだという説には、捜査本部の幹部たちも、とうてい同意できないのだろう。紅林の特異性を強調し過ぎることは、佐野組の凶悪性に対する逆風にもなりかねないという意味でも、彼らが瞳の供述を無視するのは当然だった。

無紋も、あの面会で瞳が話したことの九割方《がた》を信じていなかった。母親の郁子はともかく、瞳が田之上と男女の関係にあった可能性は、高いと判断していた。それはとりも直さず、田之上殺害に対する、もう一つの動機も裏書きしているように思われるのだ。

無紋は瞳の暗い表情を思い浮かべた。そして、あくまでも父親との不仲を無紋に対して演じ続けた、瞳の恐るべき胆力と奸計《かんけい》に改めて戦慄していた。

無紋自身が真摯で潔癖な瞳の雰囲気に完全に欺されていた時期があり、無紋がその偽装に気づいたのは、まさに行政代執行が行われる直前だった。外見とは裏腹な、あの薄気味の悪い虚言癖は、無紋の心を決定的に萎えさせるのに十分だった。

「要するに、彼女も父親のエゴの犠牲者ということですか？」

中山の、分かりやす過ぎる言葉の置き換えに、無紋は再び苦笑した。だが、問題はそれほど単純ではないように思えた。あの説明しがたい瞳の性格の歪みを考えると、父親のエゴなのか、瞳のエゴなのかは微妙だった。

「しかし、当然、裁判員裁判になりますから、柳は死刑を免れる可能性がありますよね。裁判員裁判って、けっこう世論に影響されるでしょ」

中山はそう言うと、ビールのジョッキを一気に傾けた。なたねはいつも通り、ピーチ系カクテルで、その日は普通のペースで飲んでいた。

「いや、裁判員裁判だけじゃなくて、最高裁の判決だって、近頃は世論の影響が大きいからね」

無紋の言葉に中山はうなずき、なたねは特別な反応を示さなかった。二人が多少とも政治的判断を含む最高裁の判決に、それほどの関心を持っているようにも見えなかった。

「柳に比べて、割を食ったのは、紅林ですよね。彼は実行犯だし、二人殺していて、四人に怪我を負わせているから、危ないでしょ」

危ないでしょというのは、中山なりの抑えた表現だった。もちろん、死刑判決のことを言っているのだ。

確かに、この殺傷事件の首謀者と考えられる柳より、使嗾《しそう》された紅林のほうが死刑判決に近いという印象が生じていることも、ある意味では異常だった。だが、無紋はこれも柳の描いたシナリオの一部だったのではないかという気さえしていた。

実行為に参加していない柳の場合、殺人罪と傷害罪の共謀共同正犯を問えるにしても、その動機は、正当化される可能性がある。妻の身を守るためということに加えて、凶悪な暴力団佐野組を壊滅させるという社会正義の感情も含まれていたことになるからだ。

一方、紅林の動機が経済的苦境を逃れるためという自己中心的なものだったとすれば、死刑判決という視点からは、紅林のほうがどうしても不利に映ってしまうのだ。

それに、瞳は父親の立場を代弁して、怪我をさせろとは言ったが、殺せとは指示していないと言い出しているのだ。無紋は、瞳の言葉を信じていなかったが、紅林の立場に立てば、そうではないと反論することもそう簡単ではないだろう。

特に、田之上の殺害に関しては、紅林の主張通りのことが認められたとしても、瞳と共に紅林も殺人の共同正犯と見なされる可能性が高く、能代と合わせて二名の人間を殺害したという認定は免れないのだ。紅林にとって、言いわけの余地が極めて限られているように思われた。

それにしても、柳も紅林も何故こんな馬鹿げたことをしたのだと、無紋は改めて思わないではいられなかった。二人とも、死刑判決の可能性があることは否定できなかった。

死と生の境界線はほんのわずかな差であり、柳と紅林のどちらが、不用意にその境界線をマイナスの方向に踏み外したのかは、無紋にも分からなかった。

もちろん、誰の命もそれぞれに重い。従って、暴力団組員であれ、投資詐欺犯であれ、誰も殺してはいけないのだ。それにも拘わらず、柳や紅林のような知的水準の高い人間が、殺人という、人類最悪の愚行を犯し、それによって自分の命も危険に晒す不条理さは、無紋にとって恐怖でしかなかった。

店内では、その日は古賀《こが》メロディーの特集らしく、女性の声で「人生の並木路」が流れている。独特の声で、外連味《けれんみ》たっぷりな歌い方だ。その声は、若干沈み掛かっていた無紋の心に沁《し》みた。

「この声、誰が歌っているんですか？」

なたねの質問に、無紋は当惑の表情を浮かべた。

「さあ、歌のタイトルは『人生の並木路』って言うんだけど、歌手の名前までは知らないね。とても古い歌で、いろいろな人が歌っているんじゃないかな」

「『人生の並木路』ですね」

なたねがスマホを取り出して、検索を始めた。

「あっ、ありました。作曲が古賀政男《まさお》で、作詞が佐藤惣之助《さとうそうのすけ》って人です。そして、歌っているのが、緑咲香澄《みどりざきかすみ》って、読むんですかね？」

なたねが無紋にスマホのディスプレイを見せながら訊いた。

「知らないね。新人歌手が、こんなに古い歌を歌っているのかな」

そのとき、カウンター内に立っていた顔見知りの若いバーテンダーの男が突然話し出した。

「緑咲香澄って、人間じゃありませんよ。音声創作ソフトのキャラクターです」

「へえっ！」

中山となたねが、驚きの声を揃えた。無紋も声には出さなかったものの、大いに驚いていた。

「そうか。人間じゃないものが、こんな人間的な歌を歌うんだな。しかも、こんなに人間的な声で」

実際、無紋には、その声は過剰なほど人間的に響いていた。ところどころが、いかにも苦しそうで、息も絶え絶えに歌っているような印象さえあるのだ。これも計算尽くの音声創作技術だとすれば、無紋にとって、末恐ろしくもあった。

「これって、暗い歌なんですかね。それとも、明るい歌なんですか」

中山が、不思議そうに訊いた。中山にとっては、おそらく奇妙な歌なのだろう。

「どちらでもあるような」

なたねが調子を合わせるように言った。しかし、無紋にとって、それは間違いなく悲しい歌だった。

突然のフラッシュバックのように、無紋の網膜の奥を、柳、瞳、紅林の顔が走り抜けた。彼らの人生がすでに終わっているのかどうか、無紋には分からなかった。

エピローグ

八月に入って、パリオリンピックが終わり、生活安全課ではその総括の話題で持ちきりになっていた。

「それにしても、時代も様変わりしたね。だいたい、レスリングもフェンシングももともとあっちのものでしょ。その二つの成績がこんなによくて、お家芸の柔道のほうがそれほどでもないというんだから」

普段は、あまりこういう話題に加わってこない無口な課長代理が、珍しく口を開いていた。やはり、オリンピックというものは、あらゆる人間の気持ちを高揚させるものらしい。

「卓球は中山君的にはどうだったの？」

卓球の話が鬼門《きもん》なのは無紋にも分かっていたが、あえて中山に尋ねた。

「まあ、女子は実力通りの安定した力を発揮したということじゃないですか。中国には勝てなかったけど、団体戦は銀メダルで、早川選手はシングルで銅ですから、立派なもんですよ」

午後一時過ぎ、無線は流れておらず、平和なひとときに思えた。無紋と中山、それになたねは、出前の昼食を摂ったあと、腹ごなしのように立ち上がって話していた。課長代理と葛切は席に着いたままだ。葛切は、そんな話題が聞こえていないのか、目を閉じて居眠りしているように見える。

「オリンピックも新しい競技種目を増やすことがあるから、日本もロビー活動を積極的にやって、日本に絶対的に有利な種目をＩＯＣに採用させたほうがいいんじゃないですかね」

中山の発言に無紋が小首をかしげた。

「しかし、野球やソフトボールみたいに、開催地によって採用されたり、されなかったりするものはあるけど、これまでまったく採用されなかった、特に日本に有利な種目を考えるのはもう難しいんじゃないの」

「金魚掬いなんかどうだろ」

突然、予想外の方向から、その声が聞こえてきた。居眠りをしていると思われた葛切がしっかりと会話を聞いていて、いつものごとく、意味不明な発言をしたのだ。受けを狙ったのか、本気で言っているのか、分からない。

「でも、課長、金魚掬いは結局、数の勝負だから、外国人にも分かりやすく、すぐにマニュアルを作られて、外国に負けるようになっちゃうんじゃないですか？」

なたねがすかさず、フォローするように言った。無紋には、なたねの心理はよく分かった。ここで中山が何か辛辣な嫌みを言って、二人の関係が再び悪化することがないように、自分が緩衝地帯になっているつもりなのだろう。

「そうか。なるほどね」

葛切はそう言うと、考え込むように一拍置いた。やはり、なたねが反応してくれたことが嬉しいらしく、けっして機嫌は悪くない。

「じゃあ、盆踊りはどうだ？　東京音頭《おんど》の素晴らしさは、なかなか外国人には分からんだろ」

葛切となたねの会話が課内に響き渡る中、課長代理はすでにパソコンで仕事を始め、中山もデスクに着き、スマホの操作をしている。

無紋は、不意に音声が止まったように感じていた。無声映画を見るように、葛切となたねの口の動きだけが、ゆっくりと無紋の網膜の隅を流れていく。

無紋はそっと部屋の外に出た。階段を降り、弁天代署の正面玄関から、外の雑踏へと紛れ込んだ。

真夏の直射日光が、塵と埃の渦を旋回させながら、真正面から降り注いだ。恐ろしい八月の暑さだった。それでも無紋は、ふと職場から遠ざかりたい気分に駆られていた。

雑踏の中を歩きながら、無紋は今回の一連の事件に思いを馳せていた。殺人罪で起訴されたあと、三人の被告人の様子は、徳松などを通して、断片的に無紋の耳にも届いていた。

柳は拘置所の中で倒れ、病院に搬送された結果、膵臓《すいぞう》がんに罹患していることが判明し、今もなお、入院中だった。結局、逮捕を免れていた郁子が当局の許可を得て、献身的に介護しているという。ただ、回復の見込みは薄く、公判の開始に決定的な影響をもたらすことは間違いなかった。

娘の瞳は拘置所の環境に耐えられず、摂食障害を起こして、頻繁に医務官の診察を受けているらしい。紅林は覚悟を決めたのか、仏教書を取り寄せ、読みあさっているという。

無紋には彼らがそのような状況に追いやられた必然性が理解できなかった。無紋は、かつて知り合いの不動産会社社長とその妻を、強盗目的で殺害して、死刑になった警視庁の警部が、取り調べのさなかに吐き捨てた言葉を思い出していた。

俺のしたことは無意味だ。だが、無意味だからこそ、やりたくなるのだ。

柳と紅林と瞳が、同じように感じているかどうかは分からない。だが、少なくとも無紋にとって、彼らのしたことを集約する言葉があるとすれば、やはり無意味という一言に尽きるように思われた。

だが、考えてみれば、これは無紋が大きな事件を解決したときにいつも抱く、同じような感慨とも言えた。自分で好んで、こんな途方もない事件と対峙したわけではない。逸脱刑事というのは、あくまでも他人から付けられた呼称だった。

無紋が好むのは、やはり生活安全課が対象としているような、ちゃちな事件なのだ。その意味では、葛切が課長であることに、象徴的な意味を見いだすべきなのだろう。

無紋はふと足を止めた。そのまま、歩き続ければ、風俗店やキャバレーなどが軒《のき》を連ねる赤尻地区に入ってしまう。

無紋は踵を返し、元来た道を戻り始めた。あのせこい日常の中に戻ることが必要なのだと無紋は改めて思い直した。

この作品は完全なフィクションであり、ここで描かれている組織・団体は現存するものとは一切関係がありません。また登場人物もすべて架空で、実在するいかなる人物とも関係がありません。

本書は文庫書下ろし作品です。

|著者|前川 裕　1951年東京都生まれ。一橋大学法学部卒業。東京大学大学院（比較文学比較文化専門課程）修了。スタンフォード大学客員教授、法政大学国際文化学部教授などを経て現在、法政大学名誉教授。2012年『クリーピー』で第15回日本ミステリー文学大賞新人賞を受賞し作家デビュー。同作は'16年黒沢清監督により映画化された。'23年『号泣』が話題に。他に『逸脱刑事』『感情麻痺学院』『完黙の女』『真犯人の貌《かお》』『嗤《わら》う被告人』などがある。

公務執行《こうむしっこう》の罠《わな》　逸脱刑事《いつだつけいじ》

前川《まえかわ》 裕《ゆたか》

2025年２月14日第１刷発行

発行者――篠木和久
発行所――株式会社　講談社
東京都文京区音羽2-12-21　〒112-8001
電話 出版（03）5395-3510
　　 販売（03）5395-5817
　　 業務（03）5395-3615

Printed in Japan

講談社文庫
定価はカバーに
表示してあります

KODANSHA

デザイン―菊地信義
本文データ制作―講談社デジタル製作
印刷―――株式会社KPSプロダクツ
製本―――株式会社国宝社

ISBN978-4-06-538527-2

講談社文庫刊行の辞

二十一世紀の到来を目睫に望みながら、われわれはいま、人類史上かつて例を見ない巨大な転換期をむかえようとしている。

世界も、日本も、激動の予兆に対する期待とおののきを内に蔵して、未知の時代に歩み入ろうとしている。このときにあたり、創業の人野間清治の「ナショナル・エデュケイター」への志を現代に甦らせようと意図して、われわれはここに古今の文芸作品はいうまでもなく、ひろく人文・社会・自然の諸科学から東西の名著を網羅する、新しい綜合文庫の発刊を決意した。

激動の転換期はまた断絶の時代である。われわれは戦後二十五年間の出版文化のありかたへの深い反省をこめて、この断絶の時代にあえて人間的な持続を求めようとする。いたずらに浮薄な商業主義のあだ花を追い求めることなく、長期にわたって良書に生命をあたえようとつとめるところにしか、今後の出版文化の真の繁栄はあり得ないと信じるからである。

同時にわれわれはこの綜合文庫の刊行を通じて、人文・社会・自然の諸科学が、結局人間の学にほかならないことを立証しようと願っている。かつて知識とは、「汝自身を知る」ことにつきていた。現代社会の瑣末な情報の氾濫のなかから、力強い知識の源泉を掘り起し、技術文明のただなかに、生きた人間の姿を復活させること。それこそわれわれの切なる希求である。

われわれは権威に盲従せず、俗流に媚びることなく、渾然一体となって日本の「草の根」をかたちづくる若く新しい世代の人々に、心をこめてこの新しい綜合文庫をおくり届けたい。それは知識の泉であるとともに感受性のふるさとであり、もっとも有機的に組織され、社会に開かれた万人のための大学をめざしている。大方の支援と協力を衷心より切望してやまない。

一九七一年七月

野間省一

講談社文庫 最新刊

松下隆一
俠《きやん》
人生最期の大博奕《おおばくち》は、誰を救うために——。大藪《おおやぶ》賞受賞の感涙と喝采の傑作時代小説！

前川 裕
公務執行の罠
〈逸脱刑事〉
ゴミ屋敷の対応に専心したい無紋刑事。通り魔事件の捜査に巻き込まれる。〈文庫書下ろし〉

岩瀬達哉
裁判官も人である
〈良心と組織の狭間で〉
裁判官たちが「正義」を捨てる——苦悩するエリートの「素顔」を描くノンフィクション。

金井美恵子
タ マ や
〈新装版〉
親猫と五匹の仔猫でぼくは大混乱！ 欧州各地で話題の作家による、麗しの短編集新装版。

パリュスあや子
燃 え る 息
買い物依存にスマホ中毒、置き引き、ダイエットほか。依存症の世界を描く新感覚短編集。

講談社タイガ

紺野天龍
魔法使いが多すぎる
〈名探偵倶楽部の童心〉
容疑者全員、自称魔法使い。魔法が存在すると信じる人に論理の刃は届くのか。シリーズ第二弾！

埴谷雄高

系譜なき難解さ　小説家と批評家の対話

解説＝井口時男　年譜＝立石 伯

長年の空白を破って『死霊』五章「夢魔の世界」が発表された一九七五年夏、作者埴谷雄高は吉本隆明と秋山駿、批評家二人と向き合い、根源的な対話三篇を行う。

978-4-06-538444-2
はJ9

金井美恵子

軽いめまい

解説＝ケイト・ザンブレノ　年譜＝前田晃一

郊外にある築七年の中古マンションに暮らす専業主婦・夏実の日常を瑞々しく、シニカルに描く。二〇二三年に英訳され、英語圏でも話題となった傑作中編小説。

978-4-06-538141-0
かM6

講談社文庫　目録

2024年12月13日現在